冰心散文奖
获奖作家散文自选集

炊烟，是盛开的花朵

赵克红　著

组　　稿：中国散文学会
总 主 编：周　明　红　孩
执行主编：凌　翔

中国经济出版社
CHINA ECONOMIC PUBLISHING HOUSE
·北京·

图书在版编目（CIP）数据

炊烟，是盛开的花朵 / 赵克红著.
—北京：中国经济出版社，2020.1
（“冰心散文奖”获奖作家散文自选集 / 周明，红孩，凌翔主编）
ISBN 978-7-5136-5685-6

Ⅰ. ①炊… Ⅱ. ①赵… Ⅲ. ①散文集—中国—当代
Ⅳ. ① I267

中国版本图书馆 CIP 数据核字（2019）第 082341 号

策划编辑　崔姜薇
责任编辑　焦晓云
责任印制　马小宾
封面设计　陈　姝
封面插图　阿　秋

出版发行　中国经济出版社
印 刷 者　唐山楠萍印务有限公司
经 销 者　各地新华书店
开　　本　710mm × 1000mm　1/16
印　　张　13
字　　数　168 千字
版　　次　2020 年 1 月第 1 版
印　　次　2020 年 1 月第 1 次
定　　价　49.80 元
广告经营许可证　京西工商广字第 8179 号

中国经济出版社　网址 www. economyph. com　社址 北京市东城区安定门外大街 58 号　邮编 100011
本版图书如存在印装质量问题，请与本社发行中心联系调换（联系电话：010-57512564）

目 录

第一辑 怀念月光

第二辑 高原读云

第三辑 仰望星空

第四辑 诗人与酒

第五辑 春天写意

第一辑　怀念月光

怀念月光

每逢中秋月圆时，我就会思念起儿时的月光。尽管时过境迁，物是人非，但儿时的月亮总是伴着神话和传说，伴着欢声与笑语，在心中明亮着。

那时，许多儿时的游戏都是在月光下进行的，我对月亮自然也就有了深刻而清晰的记忆和感动。在月光下游戏，在月光下玩耍，在月光下尽情地追逐，在月光下丢手帕、扔沙包、斗鸡、捉迷藏，那可真是忘我了。不知谁神秘兮兮地说上一句："我看见月亮上的嫦娥了！"大伙便齐刷刷地踮起脚尖仰头仔细看，都说看到了，看到了，没看到的也说看到了，谁也不愿意因为一句没看见遭受大家的奚落。在我们儿时的心中，嫦娥便真的坐牢了广寒宫。

当满月挂上高高的树梢，我血管里的血液就像听到某种神秘的召唤一般，哗哗地涌动起来。中秋节前，母亲便开始忙碌，为过节准备东西，我印象最深的是蒸枣糕、枣花之类的面点。另外，那时的月饼品种也很单一，多少年从未改变过。那月饼手掌般大小，里边的馅多是冰糖、红绿丝、花生米、核桃仁之类。包装更是简单，用一张黄草纸，一根细细的纸绳，将四块月饼摞在一起包好，便可走亲访友了。

母亲是个非常热爱生活的人。中秋节晚上，她将月饼切成四瓣，再用盘子装上大枣、糖果等好吃的东西，让我们赏月时吃。我们吃过晚饭，便和母亲坐在院子里等着看月亮。记得有一年天黑得晚，我望眼欲穿，夜幕还是迟迟不肯落下，不免有些着急，因为我还要和小伙伴们玩游戏呢，但如果当时出去，便得不到月饼和糖果了，因此只好耐着性子等。终于，当我看到黑黑的透蓝的夜幕下，月亮透过云层向我们走来时，便激动得一下跳着拍起手来，大家纷纷抬起头看着天空中的月亮。母亲这才把月饼分给我们，我拿起月饼便跑出去和小伙伴们在月光下玩游戏去了。

小时候，母亲曾给我讲过很多关于月亮的传说，我和许多孩子一样，对这些传说深信不疑。传说月亮上有玉兔，在乐此不疲地捣药；传说月亮上有棵桂花树，任凭吴刚伐了又伐却永远不会倒下，等等。每当母亲讲到这些时，我总是一边专注地听着，一边不停地点头。

中秋节有据可考始于唐朝，有文献记载则始于宋朝。那时，中秋节的盛况非今日可比。我曾不止一次地思索过，满月之所以能成就一个节日，还有一个重要原因，那就是相对于变幻的尘世，月亮是超越时空的绝对性存在。古人和今人看到的是同一个月亮，普天之下人们头顶上悬挂着的也是同一个月亮，古今中外无数诗人吟诵着的还是同一个月亮。人们通过对月亮的祭拜，与远在他乡的亲友去沟通。农耕社会没有高效的交通工具，更没有电话、手机、互联网这些先进的通信工具，分别和永别常常只有一字之隔。在家书抵万金的悠长岁月，月亮的功能被世俗社会放大为信念，又在满月的浑圆外形之中巧妙地嵌入团圆的寓意，最终把这信念放大为一种流传千年的精神信仰。

月光一泻千里，轻盈纯美，它沉默无语，宛若天使，给人们带来许多美好的记忆。走在城市之巅的月，不动声色，犹如一曲婉约的宋词，在寥寥的星辰和片片厚厚薄薄的云彩的环抱中，一路优雅前行。它走过光明的坦途，也曾穿过幽深的云层；它展示过自己的韵色，也掩饰过自己的光芒；它不疾不徐，不喜不愠；它路过窗台，也越过花丛；它如同一个正在沉思的少女，踩着小碎步，徘徊在我面前，不远不近的距离。然而，令人费解的是，更多的人对此总是熟视无睹、漫不经心，面对大自然丰厚的馈赠，他们却无动于衷。窃以为，这个世界现代化气息越浓，人们便越是孤独，越是忧愁，越是缺失浪漫。如今，物质生活与过去相比愈加丰富了，花样繁多的月饼令人眼花缭乱，我们反而与月亮越来越疏远了，即使月亮就挂在高楼上，也懒得披件衣服下楼或是打开窗户去欣赏，人们枯燥的欲望和退化的味蕾早已忘记了对月光的那份惦念的柔情。与朋友们谈及这一现象，大家的感觉竟如出一辙般认同……

圣洁高尚的月亮，在人们的眼里越来越淡漠，越来越受冷落。城市的灯火把夜晚照得如同白昼，城市的霓虹比满月的光芒还要汹涌许多倍，以至于出现光污染这样的新名词。也许我们可以创造太阳，可以让夜晚更加明亮，但是我们绝对不能失去月亮。

如今，许多城市的中秋节已成为商场和新闻媒体热衷的节日。一个标准的月亮节，却与月亮没有太多关联，这不能不说是人类社会的一种悲哀。人们被鳞次栉比的高楼遮挡了视线，赏月似乎已稀缺成一种奢侈的体验。殊不知，人们在错过了欣赏月亮的同时，也失却了多少快乐，多少美好啊！当我们像候鸟匆匆飞过的时候，也许我们会自认为飞在了时间的前面，但是仔细想想，在永久流动的时间里，逝去的又恰恰是我们自己……

借一片月光，歇息一下自己劳累的翅膀，借一份清纯和宁静，与灵魂进行一番交谈，也许我们会敞开心扉，收获意想不到的惊喜，许多丢失了的美好，便会重新扑面而来！

故乡的回望

故乡，对浪迹天涯的游子来说，是用来怀念的。尽管这些人中不乏春风得意、风光无限者，但仍禁不住会回望故乡，回望过去那些或青涩晦暗或甜蜜忧伤的童年，回望以往那段魂牵梦萦却永远无法回归的岁月，回望那片山水，那块安宁的土地，以及土地上生活着的人们。这抑或也算是对心灵的一种慰藉，即便不能站在故乡的土地上，也要让心灵以另一种方式回归故土。或许，这就是中国人自古以来就根深蒂固的乡土情结吧！

我的家乡与我居住的地方可谓咫尺之遥，那是我真正意义上的故乡，可这些年我却很少回去了。随着时代的变迁，我曾经温馨的家园，以及很多童年的记忆已经失去了色彩，再也无处寻觅。

故乡，是我成长的摇篮、漂泊的终点，是我记忆中永远不会褪色的地方，如今，我却只有用回忆的方式才能抵达童年时的故乡。儿时，记忆最深的是村庄夏日的黄昏。每年放暑假，队里便会安排我和另一个同学去村西边照料那片一眼望不到边的谷子地，其目的是防止成群的麻雀来偷食。起初，我们制作了不少稻草人之类的东西插在地里，可时间一长，便被麻雀识破了，因此一见到麻雀朝谷子地里飞来，我们便会扯开嗓子呼喊，或是拉开弹弓，去驱逐麻雀的侵扰。直到落日熔金时分，我们才会回到村里。

记忆犹新的，总是那一次次在黄昏中的行走，夕阳的光芒洒满了村庄的每个罅隙，彩霞像熔化了的黄金一般从天上缓慢而黏稠地滴落，奇异而灿烂的光芒笼罩着村庄里低矮的屋顶，仿佛在给村庄镶一层金边。在我的家乡，只要你放慢脚步留意身边，那情景几乎在每个夏日的晴天都能见到。

一天天，我曾无数次目睹村庄的黄昏，那耀眼的云霞，那金色交织着橙色、红色、紫色的云霞，像彩帛承托并缭绕着火球般的落日，急速地向暮色中的树林坠去，使我每每感到大自然的神奇魅力。

傍晚，当我们放学返回村庄时，也常常能看到落日在慢慢褪色、变淡，最终慢慢坠入郊野或远处的房舍下。它消失的地方会被黑夜迅速地填充，我一次次被那不可挽留地滑落的红日所吸引，那耀眼的霞光穿透了厚实的云层，那些悬浮而凝重的云彩仿佛烧红的钢铁在流淌。

我的眼睛跟着落日移动。就这样，我看到了人世间最美丽的景观——一片金灿灿的光笼罩着村庄，晚霞洒在这些低矮的建筑物上，使之变成了金碧辉煌的宫殿，这就是我们的村庄。太阳是伟大而仁慈的，它不仅使万物成长，不仅赐人间以温暖，而且还在消失前的那一刻，使卑微的村庄显现了神性，使人世间的一切融化在夕阳的余晖里。在回村的路上，我望着大空、云霞、落日，感到有种说不出的神秘感。暮色越降越浓，村舍的轮廓渐渐模糊，有的房子开始透出昏黄的灯光。这昏黄的有些发暗的灯光，充满了家的温馨，这是村庄留给我的暖暖的记忆。

对远行他乡的人来说，故乡永远是记忆深处藏得最深的那个词，无论它曾经的面目如何，我们的骨子里总是会不可避免地打上它的烙印，不管我们愿意与否，它总是挥之不去，那与生俱来的特质，流淌在我们的血液里。其实，很多时候，只有更清楚地了解来时的路，才能更坚定地寻找要去的方向。在每一个纵横交错的十字路口，在每一个即将迷失的瞬间，每一次的回望与凝视，都会坚定即将启程的脚步。

朴素的南瓜

南瓜，又名倭瓜。它源自乡间，源自厚厚的泥土；它朴实无华，却蕴含着浓浓的乡间情愫。

记得小时候在农村，每当春天来临，生产队便会安排人去凹凸不平的坡地上栽种南瓜。南瓜的生命力极强，浇上一瓢水，过不了几天就能发出新芽，不知不觉中这些柔弱的小苗就会长出宽大的绿色的叶子。再后来，长长的南瓜秧苗便爬满了坡地，那宽阔的叶子密密麻麻，把地面铺得严严实实的。叶子的背面，颜色浅浅的如桑麻，南瓜花往往躲藏在叶子下面。远远望去，坡地上尽是大片大片的绿。

随着南瓜叶子的增多，它的藤蔓也一天天变得粗壮结实起来，顺着坡地往上爬，它的长须见什么都想缠紧，毛茸茸的嫩尖跟着就想爬上去探个究竟，倘若旁边有水泥桩或是树木枝干什么的，它一定也会顺着那桩或枝干一直爬上顶端的。

盛夏是南瓜苗开花的季节，起初三朵两朵的并不起眼，三四天后，无数金色的南瓜花便会迎着太阳微笑，那肥硕的花朵格外惹眼，吸引了无数的蝴蝶和蜜蜂。看着鲜艳的南瓜花，我们几个小伙伴也想采几朵来玩，却立即被大人制止了。大人们说："你们把花都采了，还想不想吃南瓜了？"原来，南瓜花有雌雄之分。雌花开得较早，数量也较少，花冠更大些，最明显的是雌花的花托上长着一个小小的南瓜，授粉后，花瓣枯萎，小南瓜便慢慢长大。而雄花花托上没有小南瓜，数量多，从南瓜苗根部到尾部，星星点点全是。据说南瓜花都是晚上开的，头天黄昏还是花骨朵，第二天一大早便是黄艳艳的一片了。看着成群结队的蜜蜂和蝴蝶飞落在南瓜花的花蕊上，大人们高兴地说："今年南瓜的收成一定不错。"果真如此，没过多久，瓜蒂处居然结出了一个又一个大小不一的南瓜。随着秋意渐浓，南瓜也越来越多，越长越大。

那是个集体主义风靡的年代，打下的粮食，包括南瓜在内，都是需要严格按工分收入及人口分配的，每次将南瓜从地里拉回村子，队里便会及时把南瓜分给各家各户。那时，村里种的蔬菜种类较少，最常见最普通的当属南瓜了。因此，在我小时候，南瓜便成了家家户户餐桌上必不可少的菜肴。南瓜易于存放，尤其到了冬天青黄不接的时候，南瓜可算派上了大用场，既可炒着吃，也可蒸着、炖着吃，一家人围坐在一起，吃着热气腾腾的土豆炖南瓜，暖意融融，冬天的寒冷便被驱逐得四处逃逸。我至今仍怀念那时南瓜的味道，它让人感受到平淡中的快乐和幸福。

在那个贫困的年代，南瓜的贡献不可小觑，它实实在在为人们填补了饥荒，称得上当之无愧的功臣。如今，人们的生活富裕了，南瓜依然发挥着它的作用，甚至成为一些饭店里不可缺少和替代的美味。只不过人们在做法上更加用心、更加精细，花样也不断翻新，吃腻了大鱼大肉的人们总是想着换一下胃口，吃上几块清蒸南瓜，顿觉甘爽怡人，喝上一杯富有情调的南瓜奶昔，便浪漫了整个午后。

南瓜不仅是一种美食，也可以做装饰。不少人把个头较小的南瓜称为"金瓜"，将金瓜掏空内瓤，在外皮上雕刻雅致或者有趣的图案，装点家居；还有的家庭偏爱色泽亮丽、体态精致的南瓜，把它和其他艺术品一起摆在案头去欣赏。

南瓜以它朴实憨厚、貌不惊人、无私奉献的品质，给人一种温暖，一种依靠，一种扎扎实实的幸福感。而它给我带来的不仅是美味，还有童年的那段美好记忆和割舍不断的情结。

炊烟，是盛开的花朵

我的故乡位于洛河南岸的一个村庄，村子隶属安乐镇。隋唐时，这里曾是繁华的都市，隋唐遗址就深埋在这片富饶的土地下，唐代诗人白居易晚年就定居在安乐狮子桥。北宋著名理学家邵雍也看中了这块风水宝地，举家迁居至此，并将宅院提名为“安乐窝”，安乐之名由此而来。我的祖祖辈辈在这片土地上繁衍生息，这里有我童年一串串的欢声笑语。在这里，我完成了从童年到少年的转变。在我许许多多破碎如鳞片的记忆里，故乡的炊烟，被我储存在最深处，它是袅袅盛开的花，浸透了我的思念，蕴含着脉脉的温情。

儿时，我和同学们上完最后一节课，三三两两背着书包，走进村庄，走在回家的路上，金色的夕阳洒满窄窄的街道。村里，先是有几户人家的烟囱里冒着好看的青烟，在天空中飘荡着。接着，一家又一家的烟囱吐出炊烟。不知是谁家在改善生活，那炒肉的香味浸入空气中，满街都能闻到扑鼻的香。而在田地里忙碌的大人们，也在此刻纷纷扛着农具收工回家，村庄顿时出现一天中少有的热闹景象。家家户户上空袅袅升起的炊烟随风起舞，那舞姿曼妙动人，消散在悠远的天空。那时，人们的生活闲散而悠然。

村庄里，家家房舍紧紧连在一起，清灰的瓦房一字排开，屋顶烟囱里冒出的炊烟经过风的助推，飘飘扬扬，越长越高，像一群身着白色裙裾的仙女在尽情舞蹈，那曼妙的舞姿令人眼花缭乱，直到最终融化在迷蒙的天空里。它们在天空里徐徐徜徉，或展示着自己优美的身段，或变幻着各式各样的造型，像云、像雾，自由地游走……如诗如画，如梦似幻。而街道上，人们热情地互相打着招呼，又让人感到现实的存在。

有时，炊烟在微风中静悄悄地盛放，召唤着日出而作、日落而息的亲人们，召唤他们回家就餐、歇息。在田野里躬耕劳作的人们，扛着农具，一边打诨逗趣，一边情不自禁地往自家的方向张望，当望见那大朵飘荡的炊烟时，便会不由自主地加快脚步。在他们看来，那是母亲或者妻子无言的呼唤。

故乡的炊烟，是开在游子心中的花朵，亲切而温暖。那一缕缕炊烟，凭着风的力量，乘着梦想的翅膀，由屋脊飘向天空；越往上升腾，颜色就越浅淡、越稀薄、越洁白；像是一缕缕洁白的飘带，更像一条弯弯曲曲的回家的小路；仿佛沿着它、嗅着它，再远的游子也能找到故乡，找到家，看见正在村口翘首以盼、期待游子归来的母亲。

日复一日，夕阳映照着人们归家的路途，炊烟将整个村庄笼罩在宁静而祥和的氛围中。

背井离乡的游子，永远也走不出对故乡的思念。如今，故乡的土地被大片开发，低矮的房舍也被高楼取代。但每每想起故乡的炊烟，就像听到故乡一声声亲切的呼唤，使我漂泊的内心感到亲切和温暖。无论在天涯海角，故乡的炊烟都会在我心中萦绕，它是盛开在我心中的花朵，它是根、是魂、是乡愁，它牵着我无尽的思念，永不凋落。

向上的花朵

故乡，储存着我童年的许多美好记忆，而童年留在我们生命里的东西，将会伴随我们终生。当我独处的时候，那些随着年岁增长而渐渐苍老的乡愁便会迅速发酵，不经意地浮上心头。

仰望天上的一轮明月，我的思乡之情便会发芽，便会拔节。中秋节前夕，我回到故乡，与儿时的伙伴们小酌，我是“少小离家老大回”，几杯酒下肚，我们便热议起童年的趣事。当谈起在打麦场以及高高堆起的山一样的麦秸垛旁玩耍的情景时，我问，这地方还在吗？那可是我们童年最常去的地方，尤其放暑假，我们几乎天天都要去，那里留下了我们童年许多的快乐。赵学军是我小时候天天形影不离的好伙伴，他说，还在，房子早已破旧不堪，正等着房地产开发呢。他说，咱们明天上午一起到那里看看，寻找一下童年的记忆吧。我第一个响应。

随着城市化浪潮的到来，乡愁的崩塌已成为无可争辩的事实。我长期生活在外，望着日渐陌生的故乡，灵魂仿佛也找不到归宿了。

我的家乡位于城乡接合部，耕地大都被开发商占用，儿时通往田野的那条小路虽然得以幸存，却早已被野草侵蚀得无法下脚。我和几个发小沿着一条窄窄的乡间小路缓慢行走着。这条小路弯弯曲曲向前方延伸，通向我们要去的地方。路边稀稀落落站立着几棵大小不一的桐树和柳树。这里的庄稼地已闲置多年，如今荒草肆意生长，一片凄凉景象。眼前情景，让我对这片土地心生惋惜。记得儿时，这里充满生机，是一望无际芳香四溢的田野。红色的高粱穗、金黄的玉米棒子在阳光下摇曳，洁白的棉花如天边盛开的云朵，蝴蝶在半空中翩翩起舞，田野像一幅静美与动感交织的油画铺展在大地上。

说话间，我们来到了昔日的打麦场。那间盛放粮食和农具的房子还在，但已破落不堪，像一个掉光了牙齿的老人，见证着岁月的沧桑。记得小时候，爷爷曾被安排在这里看管粮食，每到吃饭的时候，我总是到这里送饭。在麦收的季节，社员们夜以继日地在这里打麦，他们最担心收麦子的时候下雨，只有颗粒归仓了，他们才放心。我们也会主动帮助大人们做些力所能及的事。这里的房子那时是储存粮食用的。那时看起来高大气派，如今却显得那么低矮破旧。房子的正前方是一小堆潮湿的麦秸垛。走近它时，就闻到发霉的气味。走在前面的赵学军喊了句，这片牵牛花真好看。一大片紫色的牵牛花，点亮了我的眼睛，“多美的花呀！”我惊喜地喊出声来。

牵牛花又名喇叭花，是我小时候见过的最美的花，在家乡田野上、沟渠边、草垛上，随处都能看到它们的身影。一朵朵、一簇簇或红或紫或粉的牵牛花，像一只只小喇叭，为秋天的原野增添了一抹亮丽的色彩。每每看到它开得绚烂，我都会悄悄走近。它时而迎风摇曳，演绎着一曲无声的和弦；时而静静伫立，像在和大自然对话；时而又用最灿烂的微笑，迎接阳光的亲吻。

它有着极强的生命力，或攀附在高于它的灌木上，或缠绕在它周围的树干上，或匍匐于地面。它从不选择土壤，不选择场地，那细细的藤蔓和稀疏的绿叶，从不因自己的孱弱而自卑，也不因自己的渺小而叹息，更不会因自己生长在荒郊野外而自惭形秽。

而今，我仿佛又听到了牵牛花的召唤，便快步向它走去。秋阳下的牵牛花淡雅清丽，遗世而独立。在万木萧瑟的秋季，它让我的心情和眼睛都为之一亮。它没有选择盛开在百花齐放的春天，因为它知道，在万紫千红的春光里，人们无暇欣赏它的美。它选择在秋日里悄然绽放，也许是它恬静的性格使然。

眼前的这一丛丛牵牛花，在人迹罕至的地方尽情绽放。即便无人理睬，它们依然兴致勃勃，每个细胞都释放着快乐。牵牛花不像其他的花，当春天来到，便按捺不住内心的激动和狂热，立即敞开胸怀，急切表达对春天的热爱。牵牛花从容内敛，绝不追赶时髦。它们选择偏僻的旷野或者人迹罕至的一隅，因为它们向往清新的空气，也耐得住寂寞。不论在哪里，它们都会不断拔高自己的身姿，哪怕略高一寸的枯枝，也会被它们牢牢抓住。它们挺直腰身，热情地吮吸着阳光雨露，然后尽情地绽放，回馈大自然的恩宠。

记得在我小时候，生产队有个菜园，菜园的篱笆是牵牛花的理想去处。它们纤纤的细藤肆无忌惮地爬满了整个篱笆，粉的紫的红的牵牛花，一朵一朵地在篱笆上盛开，原本枯黄的毫无生机的篱笆被它们装点成了一幅五颜六色、绚丽缤纷的画面。这一朵朵的花，让那些蜜蜂、蝴蝶翩翩赶来，争睹它们的芬芳。那一朵朵宛若喇叭的花，充满生机与活力，仿佛一支准备演奏交响曲的乐队，给人留下深刻的印记。

牵牛花是勤奋的，它们朝开夜合，不断向上，迎接朝阳，送走晚霞。当夜幕降临时，盛开的牵牛花才伴随着最后一抹晚霞隐去。一夜休憩，啜饮几滴甘醇的晨露，迎着霞光，它们又重新绽放迷人的芳华。它们深知“一天之计在于晨”，当万事万物还在贪恋美梦时，它们便用晨露擦亮惺忪的眼睛，然后笑盈盈地迎接第一缕霞光。它们自由自在地呼吸着新鲜的空气，给早起耕种的人们送去一个个惊喜，让人们心情舒畅地去迎接崭新的一天。

牵牛花乐观、奔放、热情，它们不媚俗、不世故，也不甘平庸。只要有土壤，有水分，它们就会顽强地生长。牵牛花感知季节的变迁，即使一夜寒霜降临，它们也会完美地谢幕，完美地离去。

枣魂

故乡那棵遒劲的枣树，伴随了我整个童年。枣树枝叶繁茂，那从茂密的树叶里洒落的阳光，曾在我年少的脸上闪烁。对我而言，它已不仅是一棵树，已然成为引领我回望故乡的指针。每次回家看到它，旅途的风尘和疲惫便会烟消云散。

我所在的村庄很小，可那时并不觉得它小。记得有天傍晚，我和伙伴们在村大队的门口玩耍，遇到村支书从乡里领了几张地图回来，我们便嚷嚷着，要从地图上找找村庄的名字。村支书说，中国地图上肯定没有，先看看河南地图吧。于是，我们就跟着村支书走进大队部，支书把地图铺在办公桌上，我们几个小孩趴在桌上开始寻找。支书眼睛老花，看不清地图上的字，就提醒我们，要先找洛阳市，接着再找郊区，然后再找安乐乡，最后再找赵村。几个小脑袋扎在一起，几双眼睛在河南省地图上上上下下仔细搜寻，很快找到了洛阳市，接着也找到了郊区。可眼睛都瞪痛了，也没找到赵村，我们不免有些失望。接着，我们又在洛阳市行政地图上寻找，心想肯定能够找到我们的村名，却仍然没有如愿。

这么大的一个村庄，怎么连洛阳地图上都找不到？打那时起，我开始明白：村庄外，还有更辽阔的天地，而地图上能够看得到的地方，一定比我们村庄的名气大、面积大。

尽管村子很小，却装着我的整个童年世界。譬如，在我心中，小村四周一眼望不到边的庄稼，那吐着缨子的高高的玉米，就像一排排列队整齐的士兵；村中的那口老井，是村里的生命之源，它的周围也是村里人的聚集地之一，是许多消息发布和传播的重要场所。后来，有的人走出了小村，却没有丢掉小村庄里泥土散发的芳香，他们带着小村刻在心里的一幕幕美好记忆和浓浓的乡情，带着对小村的惦念远走他乡。

最使我魂牵梦绕、心生眷恋的，还是老家后院里曾留下我们无数欢乐的那棵枣树。虽然我曾远离家乡，但它牢牢占据着我的记忆，未曾失掉一点颜色。

这棵枣树，是我三岁那年大伯从邻居二爷家里移栽来的，见证了我少年时代的成长经历。

老家的院子，虽只有一间半房屋宽，却有百米长。院子前，依次是临街房、三间厦房，接着是上房。爷爷、奶奶、伯伯、叔叔都曾在这里生活居住。前院盖满了房屋，空旷的后院却没有任何建筑，大伯便将这棵枣树栽种在这里，并反复交代我们要爱护这棵小树，别去触摸它。我一边点着小脑袋一边心想：我们才不会去理会这棵弱苗呢！

这里，是我和小伙伴们的乐园。只要一放学，我们便会来这里写作业，当然更多时候是在这里玩耍、游戏。我曾和小伙伴们在这里种植葵花，养殖小兔子，并央求大人在两棵椿树间为我们制作秋千。起初，这棵枣树尚小，并没有引起人们太多的注意，它的躯干跟拇指一般粗，黑黑的、细细的、弱弱的，伸展的枝条上稀稀落落的长着几片嫩嫩的绿叶，看上去一副弱不禁风的样子。

在北方的众多树木中，枣树的生长速度较为缓慢，它不像梧桐或是杨树长得飞快。栽种的第二年，这棵枣树便零星挂果了，枣并不多，却仍然被一群馋嘴小孩惦记着。好不容易等到果肉发虚，枣皮泛红，我们就挑最红的去摘，只要能摘到的，自然全成了我们口中的美味。

真正待到果熟季节，树上便只剩下枝头上那几颗枣子了。孤零零的几颗枣儿，站在高高的枝头上，深受阳光的喜爱，那圆圆的、红扑扑的脸蛋，让我们垂涎三尺却又无可奈何。有个同学从家中拿来一根细长的竹竿，一切便迎刃而解了。我们捡着红扑扑的大枣儿，放在嘴里慢慢咀嚼，顿觉口齿生香，甘甜无比。

一年又一年，太阳暖暖地照在小院里，枣树尽享着阳光的沐浴，细小的树干渐渐变得粗壮结实，且极有柔韧性。春天来了，枣树很有耐性，待到其他的树基本上全都绿了，它才在人们的期待中缓缓吐出绿绿的嫩芽，从它那裸露着的光秃秃的树干上，能感受到它的生命迹象。枣树的叶子很小，葱绿得像一枚枚小小的翡翠。叶子向阳的一面闪着幽幽的光泽，伴随着春天的脚步，枣树的枝条上又吐出一串串米粒大小的黄绿色的枣花，一簇一簇的，色泽虽不格外耀眼，却散发出浓浓的香味，在整个院子的上空弥漫。枣花是蜜蜂的最爱，蜜蜂围着枣花浅唱低吟，在嗡嗡的大合唱中，愉快地为人们酿造着甘甜，它们知道，这些花儿是经过一冬的孕育才绽放的。这一串串小小的花，在微风中，飘散着丝丝缕缕的芳香。那甜滋滋的味道，至今仍缭绕心头。

随着枣树一年一年长大，树上结的枣子也越来越稠密、越来越多了，这自然也引起了大人们的关注。一年又一年，原来柔弱细小的树干变得粗壮结实，树根越扎越深，树冠越来越大，远看，如擎起的一把巨伞，撑起了一片天空。曾听说，一棵树的枝叶有多繁茂，它地下的根系就有多发达。那么枣树地下土壤里那些顽强延伸的根须，又会是一种怎样的壮观景象？经过多年的努力成长，这棵曾经弱不禁风的枣树终于枝繁叶茂、郁郁葱葱了，这让人们不得不对它刮目相看。

大伯在树下砌了一张水泥小圆桌，闲暇时，男人们喜欢坐在树下唠家常，而母亲和婶婶们则坐在树下飞针走线。奶奶年岁大了，眼睛也花了，戴着一副老花镜，一针一针、密密实实地缝补着衣服，她的牙几乎掉光了，脸上的皱纹里藏满了微笑。而我也常和同学们在树下读书学习。在大人眼里，孩子的学习最重要，因此，只要我们来到小桌前，他们便会主动让出学习的地方，说话的声音也压得很低很低。

那个年代，物资匮乏，生活相当困难。枣子便成了稀罕的美味，随着秋天的渐渐临近，枣子也开始渐趋成熟了。时近中秋，抬头仰望，枝叶间，密密麻麻的枣子一天天由青涩开始发红，树枝上长满了红玛瑙般的大红枣，沉甸甸的果实把树枝压得弯弯的，绿色的树叶与红色的枣儿交相辉映，甚是好看。枣树下，小伙伴们尽情玩耍的喧闹声掩藏不住内心的快乐。我们望着一天天成熟的大红枣馋涎欲滴，往往不待枣儿真正熟透，便迫不及待地爬到树上偷偷摘着吃。纵然大人们觉察了，也从不指责，偶尔还会主动摘几颗给我们。

母亲人缘好，在左邻右舍是出了名的，她原来是吃商品粮的，因父亲远在千里之外的大西北，家里的孩子无人照看，便辞职回到了村里，大家便推选她当村里的妇联主任。邻居们隔三岔五来我家串门，看着鲜红饱满的枣子，有的人经不住诱惑，一伸手就摘几颗放在嘴里。我有些看不惯，心想这是我家的枣树，我们想吃还吃不到呢，凭啥你连招呼都不打，就摘着吃呢。为这事儿，母亲没少批评我。到了枣熟透的时候，在母亲的张罗下，大人们把床单、席子铺在枣树下，然后攀上枣树，举起竹竿敲打枝丫，大红枣便如雨点般携着树叶纷纷呼啸而下。我站在枣树下，顾不得被枣砸疼的脑袋，一边帮着大人们往篮子里收枣，一边捡最红最大的枣放在嘴里品尝，脆生生、甜丝丝的，真的是甘甜怡人、口齿生津啊。每一年打枣的日子都是孩子们的节日，给我们带来的欢快，至今难以忘记。

枣下树后，母亲是最忙碌的。她会主动把枣送给邻舍没有枣树的人家，让大家尝个鲜，当人们喜悦地收下这些枣时，母亲的脸上便像开放的花朵一样灿烂。剩余的枣，母亲便放在簸箕里拿到秋阳下晾晒，待枣里的水分被基本晒干，再将这些枣收起来装到袋子里，等到农历八月十五，就挑拣个大肉厚的做枣花馍或是枣糕，用来走亲戚。母亲做的枣糕上有许多图案，一层一层的，每层边缘都有精致的花纹，然后再用红枣点缀，一个枣糕能占一个大蒸笼。枣糕一出笼，香味扑鼻，芳香四溢。走亲戚或是串门待客，人们见到母亲做的枣糕，都会啧啧称赞她的手艺。

在我初中毕业那年，我们全家办理了农转非手续，我随父母来到了青海格尔木市。在格尔木上中学的那段岁月里，我时常想念故乡，想念家中的那棵枣树，家乡的同学们给我来信，也常常会提到给我们带来无限欢乐的那棵枣树。

一年后，当得知父亲将要从大西北调回洛阳工作时，我真是欣喜若狂。因为我惦记着家乡的同学和故友，惦记着家乡的那棵枣树。

回到故乡的那天，天气乍暖还寒，同学们早早地站在村口迎接我。当我回到家乡，走进早已为我收拾好的房屋，感觉是那么熨帖暖心。我迫不及待地来到后院，看到那棵枣树就站在料峭的春风里，树枝上光秃秃的，只有少数几片残叶还留恋在枝头，新的绿叶还没有吐出。我轻轻抚摸着枣树，真希望多给它一些温暖。我以这种特殊的形式，向它表达着思念，传递着温暖，我相信它一定也能感受到。

这是大伯亲手种植的枣树，他与这棵枣树有很深的感情。记得有一年，枣树染了病虫，他跑到农科所询问，并亲自为它喷药，使枣树摆脱了疾病的侵扰。往事历历在目，而树下曾经的少年如今已华发早生。去年冬季的一个上午，我接到家乡电话，得知大伯得了肝癌。第二天，我便急匆匆地回到了故乡，看着大伯瘦弱的身体和憔悴的脸，心里说不出的难过。离开大伯，我来到后院枣树下，无言地看着它。枣树铁黑的枝干沧桑、粗陋，若斑斑龙鳞，少时树下的故事一一浮现。这棵枣树从被种植到这里，我从没给它浇过一次水、施过一次肥，更没有给它任何关照。对它，我只有索取。而它，却无私地为我们付出了一切。春天，它撑起一树枣花，琼枝玉叶，洁白无瑕；夏天，树影婆娑，为人们洒下一树绿荫；秋天，硕果累累，它把最甘甜的果实毫无保留地奉献给人们；冬天，它用铜枝铁干与寒冷搏斗，展示了大无畏的精神。也许是太忙了，我好久没有回家了，这次当我见到这棵枣树时，竟觉得它已没了昔日的激情与活力。与它分手时，我的感情非常复杂，脚步变得慌乱而仓促，我甚至不敢回头再看它一眼，生怕我的眼泪会流出来。

半年后，大伯被病魔夺去了生命。我和父亲回到家乡为大伯送行，看到寒风中的枣树，想着大伯，不禁潸然泪下。大伯走后一年，我再次回到家里，却惊讶地发现，曾经枝繁叶茂的枣树竟然莫名的枯萎了。站在枣树下，我的眼泪再次流出眼眶，而记忆在一点点慢慢复活。

关于露天电影的记忆

每当坐在宽敞豪华的电影院，带着 3D 眼镜看新上映的大片时，我总是会回想起儿时看露天电影的情景。

所谓露天电影，就是在空旷的广场、操场等室外场地观看电影，这对现在的年轻人来说多少有些不可思议。然而，对 20 世纪六七十年代出生的人来说，却是再熟悉不过的。那时，影剧院很少，人们基本上看的都是露天电影。

那时，若是哪个地方放映电影，邻近的人听说了，也会赶过去一饱眼福。如果是我们村放电影，我们一群小孩便会围在电影放映员的身边，看他将两根笔直的木柱竖起，然后用滑轮吊起一根细长的横棍，把银幕拴在上面，再升上去，用细绳子把银幕下端的两个角拉紧，绑在柱子上，以防放电影时银幕被风吹动，接着，再将音响或是喇叭固定在柱子上端。放映员做这些时十分娴熟。等银幕挂好后，我们便兴高采烈地跑回家去搬凳子，占位置。其实，此时离放映电影还有好几个小时呢。待天渐渐黑下来，在人们热切的期盼中，电影终于开演了。那时，人们对看电影有一种极大的兴趣，银幕的前后左右都是人。

有时同一部电影，我们会看好几遍，这次在这个地方刚看过，下次到另外一个地方观看时还是同一部电影，因为在其他地方放映的电影，我们是很难得到准信的，往往是冲着没看过的一部电影去的，放映的却是一部已经看过的影片，但因为路途较远，既然来了，就只好耐心地再看一遍。

电影结束了，大人们忙着回家，而我们一帮小孩则意犹未尽，一边玩耍，一边争论着电影里的情节。回到家里，依然兴奋得难以入睡，满脑子全是电影中的故事。那是个崇尚英雄的时代，放学玩耍或是做游戏时，我们会扮演电影中的不同角色，正面的角色谁都愿意扮演，反面的却很难找到人。记得看过《闪闪的红星》后，班里有个姓“胡”的男同学被几个调皮的学生称作“胡汉三”，他实在忍无可忍，把这几个同学告到了老师那里，结果那几个学生被老师一顿批评。

20 世纪 70 年代末，我随父亲到青海格尔木上中学。当时，父亲所在的铁道部第一设计院一总队临时驻扎在格尔木，住宿条件非常艰苦，我们刚到那里时住的是帐篷，但生活待遇还不错，基本上每个月都能看上一场露天电影。因为当时的格尔木地广人稀，单位与单位之间的距离较远，看电影就不用再提前去占位置了，天刚一擦黑，人们便搬着凳子陆续来到广场上。和其他地方看电影有所不同的是，许多来看电影的人会拿着芭蕉扇和防蚊帽，看电影时将防蚊帽戴在头上，以防蚊子叮咬。格尔木的蚊子个头大，每一场电影看下来，我的身上都会留下几处蚊子叮咬的痕迹，这是在格尔木看露天电影所付出的代价，尽管如此，丝毫不能减弱人们看电影的兴致。

20 世纪 80 年代初，我刚参加工作时，被分配在洛阳白马寺养路工区。因工区离市区较远，偶尔遇到节庆，洛阳铁路分局电影放映队便会到白马寺站区慰问。每次放映电影的时候，车站、养路、电务等兄弟单位的职工都会聚集在一起观看，往往一场电影，把平时难得一见的站区职工们都聚拢在了一起，可见当时电影的诱惑力之大。

那时看一部电影，往往能听到一首好的电影歌曲，这些歌曲像插上了翅膀，很快便在大众中间传播开来。而现在，看 10 部电影也很难有一首流行歌曲了。随着经济的发展和人们生活水平的提升，家家都有电视机、电脑，还有家庭剧院，想看电影可以足不出户，当然还可以到影剧院去看。如今的影剧院，不但环境好，而且天天都有新影片播放，满足了人们对看电影的需求。

从黑白到彩色，从小银幕到大银幕，从露天到影院，今天的电影已与 40 年前不可同日而语，由此，我们也看到了时代的飞速发展和给人们生活带来的巨大变化。尽管如此，露天电影带给我的记忆，依然是那么刻骨铭心。

清白之味

立冬已有些时日，天气却格外晴好。

我驾驶着车子，向故乡驰去，赶赴一场友情之约。

初冬的大地，是一幅斑斓的油画，绿色的树叶被岁月染成了金黄。不知不觉中，汽车由开阔的大道驶向一条通向故乡的乡间公路，路不宽，我便放慢了车速。

只见正前方停着辆电动小货车，一对年轻人正小心翼翼地往车上装着大白菜，这让我颇感好奇。按理，地里的白菜早已收入家中储藏，哪里还有这么多的白菜啊。

我将车停在路边，走近前去。周围都是白地，只有眼前这块地里还有一些待收的白菜。

我端详许久，地里的两个年轻人我并不认识，却又感觉不那么陌生，便主动上前搭讪。原来，小伙儿是我同学赵军的儿子，在广东打工，刚回来，而女孩是他的新婚妻子。她说，今年的大白菜收成不错，却因丈夫一直在外，婆婆又因病住院，拖到了现在才来地里收菜。

原来如此。望着车上一棵棵的大白菜，我记忆的闸门瞬间开启。

我们这一代人，对于大白菜有种特殊的感情。小时候，大白菜是冬天里主要的蔬菜。

秋天过后，便是大白菜丰收的季节。菜畦上，一棵挨着一棵的大白菜，看着就让人喜悦。它们丰美的身姿，上青下白，青如玉，白如瓷，是那么讨喜。

爷爷是种菜的好手，记得小时候，我常随爷爷下地。

大白菜的幼苗，只有三四片叶子，看样子非常柔弱，栽种时需十分用心。培土要均匀，土粒要细，还不能压住嫩叶；浇水要缓，水流要小，如果水速过大过猛，会把新栽菜苗冲倒、淹埋。新栽的菜苗，还要注意不能让阳光暴晒……在爷爷的精心呵护下，白菜苗一天天长大，还要不时浇水、捉虫、喷洒农药。

过了霜降，爷爷会给每棵白菜的腰上捆上绳子。一是为了防止白菜冻伤，二是为了白菜能更好地包心。一棵棵大白菜，像一个个丰腴的贵妇人，它们绿色的菜帮一层一层，紧紧裹着菜心，是即将成熟的模样。我常想，如果把大白菜的叶子铺展开来，它们何尝不是一株株葱郁的树木呢。

大白菜丰收的季节，田间地头，运菜的车辆络绎不绝。小区门口，大白菜堆砌如小山。

记得小时候，生产队除了把大白菜运往城里，还会将大白菜集中放到开阔的地方，由会计拿出花名册按人口分配给村民。人们将这些大白菜，有的整整齐齐码放在屋里，再用塑料布覆盖好，以免冻坏；有的将其藏入地窖内；还有人更有心，将白菜的根部埋入松动的土内，再用草垫覆盖。这些举措，是为了青黄不接的冬天和过年时能有蔬菜食用。

白菜原产中国，据有关资料记载，考古学家在半坡遗址出土的一个陶罐里发现了白菜籽，这样算来，已有6000多年的历史，比其他原产中国的粮食作物还要久远。对寻常百姓来说，大白菜是最普通、最常见的菜了。有一篇资料上说：南朝的周颙对齐太子说，有两种蔬菜食之最美，一为春初早韭，二为秋末晚菘。春韭，想来大家应该都很熟悉，就是现在的“韭菜”，而晚菘许多人不知为何物，这当然也包括我在内。继续查阅资料才知晓，原来所谓晚菘，就是初冬的大白菜。没想到与我们朝夕相伴的大白菜，居然还有这样一个儒雅的名字。宋代陆佃《埤雅》这样写道：“菘性凌冬晚凋，四时常见，有松之操，故曰菘。”“菘”，今俗称白菜，其色青白，民间有“百菜之王”之美誉。细想，大白菜与松树还真有几分相似之处，因此智慧的古人就在“松”字上加个草字头为其命名。

母亲每年冬天都会储存许多大白菜。20 世纪 70 年代末，我们举家迁往城里后，她仍不改初衷，到了秋冬季节，每次到市场买菜，都会多买几棵大白菜放于阳台。菜市场卖白菜的摊位较多，她总是挑选品相好、个头大、摁着结实的买，这样的大白菜心抱得紧，好吃，储存的时间会相对久些。做饭时，母亲会到阳台上抱起一棵大白菜来到厨房。有时，由于大白菜在阳台上放得过久，外层又干又皱，母亲便将外层薄薄的干叶剥去，让大白菜露出如雪般洁白的叶子。母亲总是变着花样给我们做菜吃，把我们的生活调剂得有滋有味。

如今，人们的生活富裕了，但大白菜仍是人们饭桌上最常见到的蔬菜之一。白菜，既可以用来包饺子、包子，也可以用来炖排骨、粉条；既可以用来做汤，如白菜豆腐汤、清水煮白菜等，也可以凉拌白菜心，清凉可口。

白菜微寒，有养胃生津、除烦、解渴、清热解毒等功能，是补充营养、净化血液、促进新陈代谢的蔬菜。民间有“鱼生火，肉生痰，白菜豆腐保平安”的佳话。吃腻了鸡鸭鱼肉的人们，不妨品味下大白菜的清淡，这对身体无疑是大有裨益的。

每每看到白菜，我便会想到“清白”二字，每每食之，又觉清气盈心。

第二辑　高原读云

桃花源里悟人生

东晋陶渊明的《桃花源记》，为我们描绘了一个理想的“世外桃源”。

在一个桃花盛开的地方，无尘世之烦忧，男耕女织，自给自足，老少怡乐，生活安逸，有花有草，有山有洞，有小桥流水人家……这样的传奇，写在纸上，留在心里，令多少人神往？正是桃花盛开的季节，我们追随着东晋大诗人陶渊明笔下奇文《桃花源记》，来到湖南德阳的桃花源。

千里迢迢赶赴这里，真的就是为了与桃花的一场约会吗？

千年前的一股清风，将陶渊明吹进了神秘的人间仙境——桃花源。这个人间仙境让战火纷飞民不聊生的尘世，多了一份憧憬，多了一些希望，也让人们心中滋生了一个梦想。自陶渊明的《桃花源记》诞生以来，神州大地上就有了一个让世人魂牵梦绕的传奇之地——世外桃源。那是一个桃花盛开的地方，那里充满了神秘、美丽、祥和，寄托了浪漫而神奇的憧憬和梦想。《易》曰：“春桃生花，季女宜家。”自古，桃花怒放，桃枝叶茂，桃果累累，寓意婚姻幸福美满。

《桃花源记》所描述的“世外桃源”遗址，距今已有1600多年的历史。它不知让多少人产生过悠悠遐想。其山水田园之美，寺观亭阁之盛，诗文碑刻之丰，历史传说之奇，举世罕见。特殊的地理位置使桃花源得以吞洞庭之湖色，纳潇湘之灵秀，沐五溪之奇照，揽武陵之风光，集古老、神奇、幽雅、秀美、壮阔、清丽于一体，融诗情画意、历史典故于一炉，成为经久不衰的风景名胜。

我猜想，当年陶渊明也是在桃花盛开的季节应邀来到这里的吧！如今，我们沿着陶公的脚步进入桃花源景区，但见桃花林里，桃树枝丫旁逸，呼之欲出。走过桃花林下幽幽曲径，映入眼帘的是古老的青砖青瓦仿古建筑，四角是高高的飞椽，置身其中恍如穿越了时空，回到了千年前，耸立眼前的，就是桃花山山腰上的渊明祠了，这正是陶渊明喝酒采花的地方。

沿着弯曲的青石板路前行，有一方竹亭，据说，该竹亭经历了几百年的风雨洗礼，亭里的竹子看着是圆的，摸着却是方的，象征了古代文人墨客虚怀方正的品格。山边溪流穿过遇仙桥飞流直下，淙淙流水声荡涤心中的尘埃。溪流旁盛开着许多不知名的野花，为幽静的山野平添了几分色彩。抬眼望去，便是秦人古洞了，那溪水从古洞流泻下来。古洞暗而无光，行数十步，豁然开朗，这便是著名的秦人村了。这是陶渊明笔下秦人怡然自乐的居处，高古苍寒的秦人古道，界敞奇踪、顿豁心臆的豁然台，天下一绝的竹廊，领略秦人茶道的延至馆，桑竹垂荫的秦人居……晨钟暮鼓，回彻心扉，恍若隔世。

无论是“问君何能尔，心远地自偏”，还是“黄发垂髫，并怡然自乐”，陶公“不为五斗米折腰”“守拙归田园”的超凡脱俗境界，都令我辈为之慨叹。然而，心灵的归属，不是寻一处地理意义的武陵源，而是找一处托付灵魂的美景。也许，你的桃花源是一条碧绿的小河，河边绿草茵茵、垂柳依依；也许，你的桃花源是草原蓝天下的一群牛羊，或是一座青山；也许，你的桃花源，仅仅是一间草房，房间里挂着一只风铃，叮咚、叮咚的铃声和着室内的几句诗行；也许，你的桃花源是富丽堂皇的殿堂，抑或环境优美的别墅。无论怎样，你心中都应该有自己的梦想，有自己真正意义上的桃花源——其实，心里藏着幸福，何处不是桃花源！

一丝轻风吹来，所有的幽怨惆怅都随风而去。我想，到这里来的人，经过陶公的熏陶，灵魂应该得到淘洗，得到净化了吧。桃花源之行，使我穿越时空，真正走进了文学名篇里那个遥远的时刻。

情迷茅荆坝

汽车从承德避暑山庄一路向北，行驶约一小时，忽见蓝色的天空中有朵朵白云涌来，路的两旁，密密麻麻的树木绵延，我猜测茅荆坝国家森林公园就要到了！

茅荆坝位于河北省承德市与内蒙古自治区赤峰市交界处，属阴山山脉、七老图岭余脉之要冲，控一山口，即可挡住千军万马，因此这里历来是兵家必经必争之地。纵目远望，辽阔的草原与莽莽森林尽收眼底。境内层峦叠嶂，鹰扬鹿隐。伊逊河、武烈河等河流川流不息。山场广阔，林木繁茂，植物种类达1780余种，野生禽兽69种之多。这就是茅荆坝森林公园。一个树木的王国，一个绿色的王国，一个依然保存着原生态的自然王国。

这里，树叶是翠绿的，花朵是娇艳的，草尖是亮晶晶的，鸟的叫声是清脆的；这里，溪水慢悠悠地流淌，繁枝密叶在空中摇荡。那叶片上滑动的露珠，如一粒粒珍珠般晶莹剔透，难怪人们一走进森林，就想放开喉咙喊叫，让积存胸中的浊气随山野的回声远去。绿，是这里的底色，那盈盈翠色更逼近到你的眼睛里、心窝里。我猛然想起石涛和尚的两句诗："不识年来梦，如何只近山。"许是山峦的淡远、宁静在感染着我？这里，空山寂寂，微风习习，林峦似动不动，松涛若有若无，听到的只是自己脚步的回响，通体浸透着一股彻骨的宁静与灵澈。

来到这里，一个个历史场景在眼前浮现。历史上的茅荆坝景区，发生过许多汉族、契丹人与金人之间的战争。标志着契丹政权彻底灭亡的辽金"陷泉之战"，以及清兵入京过坝梁都发生在这里。巧合的是，在"陷泉之战"中，金人使契丹人遭遇了灭顶之灾，几百年后，金人的后裔满清入关，也是沿着他们先人经过的地方进入北京，鼎革华夏的。清兵入关，兵分两路，一路是从山海关，一路即从此地进京，所以此地又称为清兵入关口。

茅荆坝还是武烈河的发源地和滦河的水源地。随着季节变化，茅荆坝的美已经轮回了不知多少个春秋。我们先走进黑熊谷。这是一条足有20多里长的大峡谷，清风习习，满眼飘绿，使人心旷神怡。这是一个无人问津的天然大氧吧，碧蓝的天空，朵朵白云，清清流水。久居闹市的人来到这里，无疑是迈进了天堂般的世界。古人有言："嗜欲深者天机浅。"怡然自乐，忘怀得失，正是环境直接作用于心境的结果。在物欲喧杂的噪音中，是无法听见智慧老人的叩门声的。

忽然一阵淡淡的清香扑面而来，而且越往前走，香气愈浓。经过一番仔细观察，原来是这深谷中的杨树发出的味道。我顺手采下一片杨树叶放到鼻间，顿觉阵阵香气扑鼻而来，我把那片小树叶放在鼻孔下不停地嗅，越闻越香。据说这是世界上难得一见的"香杨"。香杨，多么好听的名字！这愈发让我感到好奇了。香杨树没有白杨那么高大，但它的身躯直挺秀美，枝条婀娜，叶缘光滑无棱，极具观赏性。这种树抗寒，抗旱，适应性强。香杨树可提取香油精，枝、叶、芽中含有大量香精，一年四季散发香味，尤其是在雨季，当气孔张开时，香味更加浓郁。木材是制作高档家具的好原料。香杨树无飞絮，集绿化、美化、香化、净化于一体，观赏与用材于一身，实在是难得的园林绿化珍品。

茅荆坝森林中溪流清澈，像条条丝带飘绕在树间，把春的信息、秋的喜悦传递给热爱大自然的游人。茅荆坝的平地有丰盈的泉水，像大地母亲敞开的温暖怀抱，用健康的元素和满腔热情，抚慰从四面八方来的游客。这里的草甸平坦舒适如毯，树木遮天蔽日，我透过林间缝隙仰望，只能望见一小片的天空，好似大树擎起的一块蓝的手帕。茅荆坝林中有涓涓水流，你把耳朵贴近地面时，便可听到叮叮咚咚的水声，如云雀歌唱般美妙悦耳。青山、绿水、阳光、小鱼，以及无边的花草林木，都像是神来之笔，把茅荆坝描绘得如此多彩、绚丽。

茅荆坝的树，除了一部分落叶松是人工种植的以外，其余大部分都是次生林，有很多榆树蓬松着，像南方生长的大榕树那样，如座座帐篷把地面罩住。在树与树之间，在高大的树冠下，生着各种野花和杂草，它们随风涌动，煞是喜人。如胭脂般嫩红的锦带花，挂在翠绿的枝条上，随风飘舞，煞是令人心动；那“石生蝇子草”花，像路旁的串串灯笼，更是无限妩媚；那种很有名气的“糖介花”，红黄相间，长在同一根枝条上，就算是走遍所有都市的花卉市场，也难得一见。

这个秋日，我走进茅荆坝，观如画的树林，闻鸟鸣幽谷，听溪水潺潺。我的心已经很久没有这样欢畅过了，我知道这欢畅源于你——茅荆坝的无限风光！

阴山的召唤

阴山，承载了多少游牧民族的理想和期盼。这里，远古和现实碰撞。这里，风声如铁，铁骑铮铮，记载了多少光荣和泪水，留下了多少不朽的足迹和梦想？

走进阴山山脉，你会生发许多想象：如果有一匹高头大马，你也许会一跃而上，变成一名勇士，驰骋在草原上；如果你身边有一柄凿斧，你也许会手持利器，在某一块石壁上创作出古朴斑斓的图案……我来到阴山，是在8月，这是一年中草原最丰美的季节。站在阴山脚下，当我抚摸刻在岩石上的太阳神像时，感到数万年的历史不过转眼一瞬，甚至会有“时光倒流”的错觉，那一幅幅古老的岩画，令我展开无限的遐想。

站在这里，犹如站在千折百回的历史长廊之端。脚下的残石破砾印证着岁月的伤痕，那亘古绵延的喜悦和忧伤，在这里历历重现。

阳光依旧是当年的阳光，土地依旧是当年铁蹄踏过的土地，山雀和飞鸟在蓝天之上互相追逐，白云翻卷重复着昨日的表演。在这里，你不会嗔怪阴山不够壮观，草原不够丰美，这丝毫不影响它的形象，也丝毫不影响我们快乐的心情和开心的笑脸。我们从千里之外来到这里，已经体验到了它内在的精神气度和充沛的气韵，享受了一次视觉的盛宴。在这里，我的心灵得到了升华，得到了滋润和满足。

蓝天之下，大地之上，历经了千百年风雨洗礼和日月轮回，先人们在狩猎归来或是太阳初升时，信手描绘的这些或温情、或狰狞、或和谐、或血性的作品，依然清晰地折射出文明和智慧的光辉，它与大地同在，与日月同辉，这不能不让人感慨。阴山，是草原历史的凝固，它见证了草原游牧民族的历史，无言地守护着广袤的草原。

蓦地，王昌龄的《出塞》从心中涌出："秦时明月汉时关，万里长征人未还。但使龙城飞将在，不教胡马度阴山。"这首诗里流露出诗人何等的无奈、惆怅、哀怨和悲壮啊！中国的诗词里有许多咏叹边塞的诗词，且大多数出自汉人之手。直至读到那首《匈奴歌》，"失我焉支山，令我妇女无颜色；失我祁连山，使我六畜不蕃息"，我才深深意识到，只要有战争存在，每一个民族都会有自己的悲苦和怆伤。

匈奴族，战国晚期兴起于阴山以北的草原。秦末汉初，匈奴族在首领冒顿单于统领下，南征北战，东攻西伐，东到大海，西抵中亚，北控西伯利亚高原，使"诸引弓之民，并为一家"。匈奴人是草原民族的骄傲，这个民族猝然兴起，让中原王朝措手不及。宽广无垠的草原给了这个民族广采众长的机会，雄健的铁骑使这个民族所向披靡，习于攻伐的天性使匈奴族在烽烟中巍然挺立。

匈奴族是中国历史上第一个建立游牧政权的民族，因此，他们是草原文明的开创者。匈奴人结束了高原"史前"状态，为后世相继而起的北方游牧民族提供了可以利用的物质和精神条件，因而深深地影响了后世北方游牧民族的发展进程。在汉代，汉匈之间既有兵戎相见，又有和平交往。

汉武帝时，对匈奴的几次军事打击使其势力北移，匈奴内部的分裂使北匈奴西迁欧洲与当地民族融合，而南迁者则依附于汉，引出“昭君出塞，胡汉和亲”的千古佳话。

这是草原最美的季节，阴山下的草原虽然不像诗中所描绘的“风吹草低见牛羊”，但它的美已经让我深深迷醉。近处一株株野花在风中摇曳，你可以走近它们、欣赏它们的美，但你绝对不忍心去采摘它们，它们就像阴山的新娘般含羞绽放。

草原广袤而温厚，草原人热情而奔放，使人完全没有距离感和陌生感，片刻便被融化其中。

就要与阴山告别了。在告别阴山的那一刻，我突然有些恋恋不舍起来。对于阴山，以及阴山下的草原，我真不知该怎样用语言、用笔触表述它们的内涵和美丽，只有深情地注视着它们，在心底默默地呼喊：“阴山！我会想你的！”

西塘，让心停泊的地方

西塘，一座有着千年历史文化的古镇。在这方圆不过两公里的土地上，到处充满了传说和故事。

在我看来，西塘更像一位“犹抱琵琶半遮面”的江南水乡女子，她静静地横卧在太湖东南流域的水网地带，尽情地展露令人心醉的美丽！“春秋的水，唐宋的镇，明清的建筑，现代的人”，是对西塘最好的形容。

有 9 条小河在此纵横交汇，大大小小的桥有 100 余座。镇区被这些桥连成一体，又被无数长长短短的弄堂隔开。这些弄堂，像迷宫一样穿插在街与河、商肆与商肆、宅园与宅园之间，九曲十八折，完全让人分不出方向。你要想用脚去丈量这里的每一座桥、每一条小巷，绝非一件易事，更何况还有那么多让人留恋的景致在左右着你的视线。

不经意间，有丝丝缕缕暗香袭来，循着香气寻找，不远处一株迎春花从围墙上方悄悄地探出头来，一朵一朵黄灿灿的，美丽而耀眼。这是大自然善意的馈赠，这株独具风韵的迎春花，以淑秀挺拔的身姿，沁人心脾的芳香，悄悄地点缀着江南的早春，使人们感到了早春的暖意。

漫步西塘古镇，宛如走进一所古宅博物馆，数以百计厅堂宅第及墙体掩映的小院，青石阶沿，绿苔小路，看上去古老而又亲切，让人不能不去细细品味。置身其间，你会为这里的景致深深陶醉，甚至忘记时光的流逝。

西塘是个水镇，“街衢依河而建，居民临水而筑”，小河绕街流淌，阳光在袅袅的绿波里荡漾，一闪一闪地泛起，颇为耀眼，带着春天特有的温润。人们沿河而居，河边的石阶排得整整齐齐的，半斜着伸入水中。阳光洒在这些宅院的青瓦上、后墙上、窗户上、台阶上，显得那么明净，像一幅偌大的水粉画。而河另一边是长长的廊棚，廊棚是木质的，一根根褐色的圆木柱子搭成的框架。顶上是青色的瓦棚，四面都是空的，风自由自在地从河边穿过廊棚，从廊棚这头转到那头，无拘无束，通透、清爽。

西塘的长廊，是镇上特有的具有地方特色的建筑，也是当地最著名的一道长长的风景线。所谓廊棚，实为带屋顶的街。廊棚以砖木结构为主，临河的一侧设有靠背长凳供人歇息，清一色的黑瓦盖顶沿河舒展，连为一体。漫步廊下，领略小街风情，观望百姓寻常生活，你会不知不觉融进这个古朴幽静的江南小镇，成为小镇的一部分。

在“送子来凤桥”上，许多人驻足、留影。这是一座典型的“廊桥”。桥宽 10 米，长 30 米，正中有花墙相隔，间或有扇形和梅花形的窗洞。桥顶有棚，朱檐灰瓦，古朴新颖，桥两边有护栏，而且还设有木条靠背的座椅，既可供游人歇息，又可观河中景色。

西塘有很多明清时代的古建筑，难能可贵的是，这些古建筑基本上都保持着原貌，如种福堂、薛宅、圣堂、七老爷庙。这些建筑弥漫着古老的气息，有的已经相当破旧了，但智慧的西塘人不是一拆了之，而是在不改变原貌的基础上进行了修缮，因为他们懂得这种古老的珍贵。那些尘封不语的院落，那些略显寂寞的紧闭的门窗，那些暗淡的灰与褐的色调，给人的感觉就像是站在已过去的历史跟前，站在几百年以前的时空里。在这里，我们清晰地看到了时间的影子。真正能见证时间的，也就是这些古宅子、古石桥和永不停息不舍昼夜的河水了。

游西塘，不能不到西塘的弄堂去："门前街道屋后河，深长弄堂百条多。"弄堂，作为古镇和宅屋建筑的一部分，有着深邃的历史背景和文化底蕴。小小西塘，竟有 120 多条弄堂，这繁多的弄堂像蜘蛛网一样密布于小镇各建筑之间，长长短短，宽宽窄窄，隐隐约约，无处不在。有些老宅的弄堂有七进之多，我们顺着曲曲折折的石板路走进去，心里一点儿底也没有，不知这些毫无规则的拐弯会把你带到什么地方去，然而，随着渐行渐远的脚步，曲径通幽，柳暗花明，原来许多的惊喜就藏在弄里或弄的尽头。最有趣的是一条总长 68 米、宽仅 0.8 米的"石皮弄"，因其地上铺的石板薄如皮而得名。它又深又长，又暗又窄，幽深曲折，若是两人相遇，则必须侧身而过。弄堂两边是深宅高墙，打开各自的窗户，可以倚窗谈心，还可以传递信物，如若张生和崔莺莺在世，也用不着红娘牵线搭桥了。弄堂一般都比较狭窄，弄堂人家通过小弄去和外面的世界沟通。可以说，小弄是弄堂人伸向外面的触角。

西塘犹如一张老照片，珍藏着许多记忆中的美好，让你留恋，让你浮躁的愁绪得到安慰。这里还有许许多多的小吃美味，诱惑着你的味蕾，浓香的荷叶粉蒸肉，带着荷叶的清香，用来下酒是再好不过了；肥美的河鱼与虾蟹，就源自你脚下的小河，在通透的临河小店里，你一边品尝美食，一边享受把酒临风的美妙，吃饱了、喝足了，你可以凭河倚栏，你也可以一边欣赏美景，一边放牧想象，那种怡然自得的感觉是西塘所独有的。

西塘古镇仿佛是我前生的梦幻，它的美，是那种内敛的不彰显的内在的美，它美的宁静，美的安详，美的古典，美的毫不张扬。

静谧的根河湿地

根河，是额尔古纳河的支流，在广袤的根河湿地上，它繁衍出许多条小溪般的支流，在湿地上如一条条长长的哈达，静静地流淌着。

身处根河湿地，不觉中整个身心就被融化了。那满眼皆景的绿，一下子浸入你的心底，升起一股爆发呼唤的冲动，吐纳之后便被深深陶醉。根河蜿蜒流淌，宛如来自天空的一条银色的玉带，在草原的绿衣上倚侧回转，流淌不息。沿岸生长着郁郁葱葱的矮树灌木和丰茂叠翠的碧草黄花。河水静静安详地流淌着，偶尔泛起小小的细浪，野鸟翻空斗水，相和相鸣。湿地上花草摇曳，蜂蝶正忙着采蜜，好一派诗情画意，这植根心底的美——总是那么无法言喻！

根河湿地是亚洲第一大湿地，现为内蒙古自治区级自然保护区，占地12.6万公顷，位于根河、额尔古纳河、得尔布干河和哈乌尔河交汇处。这里地形平缓开阔，根河就从这里蜿蜒流过，形成了壮观秀丽的河流湿地景观。根河湿地是中国保持原生态最完好、面积最广大的湿地，又是一方遥远静谧的圣地，亘古存在于自然的净土。根河湿地不但涵盖了额尔古纳除原始森林外几乎所有类型的自然生态系统，而且物种丰富，是许多鸟类非常重要的庇护场所，也是全球鸟类从东亚到澳大利亚迁徙路线的“瓶颈”，每年在这里迁徙停留、繁殖栖息的鸟类多达2000万只，是丹顶鹤在世界上最重要的繁殖地之一。

这是一块肆意泛滥的湿地，当洪水涨起，海面般一片汪洋，洪水退去，浓烈的绿又会重新铺满平原。湿地被誉为大地之肾，对自然生态的调节起到了不可低估的作用。根河与得尔布干河和哈乌尔河在额尔古纳市西北交汇，形成了一个洪泛平原，像一个三角洲，两岸的河漫滩、柳灌丛、盐碱草地及其支流贯穿着平坦的草原，宛如璀璨的明珠镶嵌在额尔古纳绿树丛中。站在高高的山冈上，远眺额尔古纳小镇，它精致典雅地被呵护包围在群山、湿地和草原中间。根河的水在茂密的绿树间穿行而过，把最美丽最婉约的那段留在了额尔古纳。

此时，周遭的静谧使人不自觉地一下子安静下来，湿地间鸟鸣不断，婉转悠扬，宛如一曲曲清亮的歌，天籁般从心头掠过。波光粼粼的水波下不知有多少鱼儿在欢畅地游弋，为这静静的根河增添了无数灵动与鲜活。河水无比清澈透亮，河底的沉沙细石肉眼清晰可辨，就如隔着水晶玻璃。多年已过，记忆深处再也没见过如此澄澈的河水和湛蓝的天空。根河，一切都那么纯粹安详，水面若无浪波，碧就碧成一片天空；天空若无云彩，蓝就蓝成一汪水面。站在岸边，看着水中装入的倒影，装入天空，也装入自己，谁也逃脱不去，再装入岸影，装入流云，一切静谧，一切尽于无言……

夕阳下，微风再次吹过，空气湿润，弥漫着清新的气息，脸上仿佛也蒙上了一层潮湿的雾气，一丝丝芳草的香甜袭来，顿感清爽。千万枝芦苇聚力在水中，让风来催动它们群舞，水禽与岸鸟啁啾争鸣，不尽浮想对接时空——“落霞与孤鹜齐飞，秋水共长天一色”。

抬眼望去，在河谷湿地两侧的高坡上，有大片大片的白桦林，每一棵树木都是那么高拔、秀丽。它的美超凡脱俗，近观时，白色的树干如奥运马术场上高高抬起的健硕马腿，更像是训练有素整齐的仪仗，远观时，当所有的界限都已消失而连成一片，模糊成浓淡的幕或者云。那绿黄相间的叶子像是姑娘披的纱衣，轻灵地罩在肩上，在阳光的照射下，闪着晶莹剔透的光泽。美得令我目不暇接，只恨自己的眼睛不够用，不能把美景全部带走。城市像个孩子就在旁边，大自然静静地守护，不言不说，只有爱可以流淌……

额尔古纳是一座城市的名字，也是一条河的名字，更是一段历史的诉说，这块土地多么富饶！多么神奇！承载着豪迈坚韧的蒙古族的心灵和精神！额尔古纳，有着多民族发祥地共同的符号，是人类走出森林走向文明的起点；而我们，从喧嚣的城市返回静谧的山野湖泊、峡谷密林，在这里，找回了人与自然和谐相处的那份美好。

壮哉，黄果树瀑布

“未见其景，先闻其声。”这是我到黄果树瀑布景区情不自禁说出的一句话。黄果树瀑布首先出现在游人的听觉里，数里之外，訇然之声便袭耳而来，犹如壮士呐喊，雷电轰鸣。

因为久仰它的大名，我设想着在见到它第一眼时的那种感觉，试图去慢慢地接近它，细细去品味它，但不经意间，那巨大的水帘还是一下闯进了我的眼睛，令我猝不及防，手足无措。但见云垂烟接，万练倒悬，细似珠帘，粗若冰柱，连贯络绎，倾落而下。飞瀑跌落处掀起轩然大波，浪花四溅，蔚为壮观。令天地为之动容，草木为之失色。我的意志顷刻间被它瓦解，我的心灵也在这一刻被深深震撼！

这就是中国最大的瀑布！这就是黔地的第一胜景！它高 74 米，宽 81 米，水分 5 大束，细看 20 余股，连缀而成巨练，如大军纵行，整齐划一，迈过同样高度的断崖，在 60 多米的落差中猛然加力，一头冲向崖下深潭，拼生命之力撞出一声声巨响，引得峰鸣谷应、风啸马鸣。瞬间，激起的一团团白色水雾像腾空而起的蘑菇云，裹着似玉的水珠飞上天空，而后像天女散花般徐徐向下飘洒，亲吻着两岸碧绿的草木、五彩缤纷的鲜花。一阵多情的微风吹来，卷起水珠和云雾飞落，轻曼缥缈，像无数条彩绸在空中飘舞。一种“神摇目眩魂颠颠，欲去未忍情悄悄”的感觉涌上心头。这就是黄果树瀑布的魅力所在。它将生命演绎得如此精彩，如此豪迈。它让你明白，大自然的呐喊原来是这样的震人魂魄，使人惊叹。

黄果树瀑布，在中国诸多瀑布中可谓君临天下，但它却很亲和，很平易近人，游人可随意与它亲密接触。紧贴它身后的崖壁上，横贯着一条134米的崖廊洞穴，名“水帘洞”。这是黄果树瀑布中最壮阔的一景。水帘洞有一洞窗，除为大瀑布隐匿的大洞窗外，还有其他5个洞窗，也都被疏密相间的其余5股瀑布组成的水帘所隐匿。若潜入洞穴内，往外欣赏大瀑布和小瀑布，景色则更显得神奇迷人。人入洞中，行不数步，即衫湿面润，鬓发滴珠，飞水入颈而爽，透衣成快，别有一种愉悦。而最为畅快的，是游人紧临洞窗，距瀑布不过二尺之间，援臂抚瀑水，伸手接飞流。伸入瀑流中的手，在水的冲打下，是隐隐的痛感，也是隐隐的快感。如此近距离地感受巨流狂泻，感受它的龙啸狮吼，使我们于瞠目中，一下子迷失了自己；忘形之中，不分老幼，对着飞瀑，发出一声声狂吼，让情绪像瀑布一样宣泄，让挥发的激情如瀑布一般畅快淋漓。平时一向矜持的我在狂放的瀑布面前，也本能地随之奔放，随之痴狂！在这一瞬间，俗世远去，凡尘了无。

黄果树大瀑布是白水河的流经处，而白水河虽然在有的地段波浪滔滔，但更多的时候仍然是缓缓流淌，极具抒情意味的。可是当它流经黄果树地段时，因河床突然断落而形成九级瀑布，黄果树瀑布便是其中最大最壮阔的一级。

倘若它的面前没有峭岩悬崖，倘若它没有忘我的奋身一跃，自然也便没有这样一道绚丽的生命华彩。那么，白水河将依然唱着平静而舒缓的歌，像每一条平平常常的小河，日子过得单调轻松。其实，只要给它们机会，任何一条看似不起眼的小河乃至小溪都有可能将生命化作万丈飞瀑演绎得异彩纷呈。听着黄果树瀑布雄浑粗犷的嚎啸，看着它波澜壮阔的雄姿和奔涌不息的激情，我被深深感动。也许连它也没有想到，这身不由己的一跃，竟使得生命的瞬间变得如此壮观又如此辉煌！

并不是所有的溪流都能拥有这样的瞬间，当然，也并非所有的溪流都向往这样的辉煌。于是，小溪也罢，瀑布也罢，能以自己的方式生活着，同样也丰富了这个世界。而对大自然来说，只要存在，便是一种美丽。

我们看到更多的瀑布只是季节性的流水。雨来了，那落在竹林树海的大珠小珠，循着熟悉的路径，一路寻亲访友，汇集一处，而后亲亲密密、热热闹闹地从一道道山崖豁口蜂拥而下。对它们来说，这些下雨的日子，也许就是它们快乐的节日。

不管怎么说，这个季节，到黄果树旅行，听瀑布的喧响，看瀑布的壮阔，感多彩的人生，不由得引发我内心的回应。毕竟，那是大自然的呼唤，是大地律动的脉搏。响应自然的呼唤，感受大地的脉搏，没有什么比这些更能让人沉醉了。

醉人的丽江

在遥远的西南一隅，世代居住着一个拥有古老文字的古老民族——纳西族。他们与世隔绝，生生不息。1997 年 12 月 4 日，一个偶然的事件让它们进入了世人的视线——丽江古城被联合国教科文组织列入《世界文化遗产名录》。也就是从这一天起，丽江迅速成了一个时尚的旅游胜地。人们怀着不同的心态，随着滚滚的人流，摩肩接踵纷至沓来。

丽江古城是我倾慕已久的小城，也是让我为之心醉的小城。它安适、浪漫、怡然自得，给人以清淡、小巧、柔媚，且清静似梦、温润如玉的感觉。

丽江古城始建于宋末元初，迄今已有近千年的历史，说是城，但它却是中国历史文化名城中唯一没有城墙的古城。

丽江是一座适合漫步的小城，它依山就水，不求方正，“城依水存，水随城在”。那水不拘一格地随着地势沿着水渠四下流淌。走在幽深的小巷里，随处可见独具风格的古老建筑，随处可见古老的门楼、飞翘的檐角、雕刻精美的门楣、斗拱，以及石雕的门墩。地面上的青石板路早已被岁月打磨得异常光滑，有的地方甚至坑洼不平，但你走在上面，却会感到异常舒适、安稳，真正体验到一种无法被现代文明复制的感受。我们住在一家纳西人开的客栈里。每当夜幕降临，我们就坐在四合院的天井里，遥望着天上似乎亲近了许多的星星，一任略带点寒意的夏风轻轻吹拂，静静地聆听纳西老人讲述那动人而神秘的传说。久住在都市里的人此时会有一种久违的亲切感。蜗居在繁华的都市里，很少有时间仰望夜空，夜空似乎也失去了夜的颜色，夜的神秘。但在丽江，你无须抬头仰望，就可以清晰地看到那夜空中闪烁的星星。

这里的小桥、街道和房屋，大都显得古老而沧桑，人仿佛跌进了时光隧道，走进了遥远的南宋末的丽江古城。这样的时刻，我仿佛已远离世俗的喧嚣，尽享那份属于自己的安逸和宁静。这其实是一种久违的感动，一种无奈却又迟到的顿悟，它更贴近生命的本质。

访丽江古城，不管你为官或是平民，都一律步行，没有汽车的噪声，没有喇叭的鸣叫，有的只是叩击着石板铺就的街巷的脚步声。那声音，仿佛在诉说着沧海桑田，世事更迭，而我穿梭其中，其实更多的是想要寻找一种能让心灵得到释放、灵魂得到熏陶的东西。

清澈的玉泉水从城头分成三岔穿街过巷，继而又形成无数细流如经络纵横全城，滋养着古城的生命。有水就有桥，在古城不到 3 平方公里的土地上，纵横腾越起栗木板桥、石拱桥，以及单孔、双孔、三孔及多孔桥 350 多座。这些大小不一的石拱桥、石板桥，像一根根项链，将花红柳绿、鸟语花香的纳西人家串联于清波之间，轻描淡写中展现出小桥、流水、人家的美景。

丽江拥有丰富的人文景观，是纳西文化的中心。纳西族是一个古老的民族，他们曾创造了灿烂的古文化，使用过自己的象形文字。在 1000 多年前，纳西族中有一种多神的原始宗教“东巴教”，东巴文化就源于东巴教，至今已成为中华民族珍贵的文化遗产。

环绕街巷的泉水在一个个岔道欢快地交汇，继而又激荡着各奔前程。跟随泉水，我走进一户人家，主人邀我入座，并递上清香的茶水，没有因为陌生而疏离，没有因为陌生而见怪，也没有嘘寒问暖的客套话，自然中营造出他乡遇故人的亲和、友善。丝丝缕缕的温馨与袅袅茶香，在交织在升腾。鹅卵石镶砌的院落，清风拂动的垂柳，垂柳上悬挂的鸟笼，鸟笼里鸣唱的画眉，还有花台上色彩纷呈的花草，在这个并不宽阔的院落里释放着美丽，大自然中一切美好的景致都恰如其分地得以展示。

四方街是丽江古城的心脏。走在光滑的“五花石”铺就的小街上，感受古城浑厚的脉搏，让人有种呼吸缓慢的感觉，相信每个到过丽江古城的人都会有此感受的。

古城的纯洁和优美均得益于水，古城许多人家夜夜枕着穿屋而过的泉水入眠，谛听泉水弹奏高山的执着、冰雪的坚韧，一代代纳西人由此陶冶出泉水般清纯的性情。

俄国人顾彼德于20世纪40年代初到丽江生活过9年，他写过一本《被遗忘的王国》，其中《纳西人的音乐美术及闲暇时光》一文中说：“纳西人不但熟谙音乐，而且不少人毕生爱好绘画美术，花鸟是他们最喜爱的主题之一，随处可见用浮雕和绘画装饰的门窗、天花板。纳西人并非为了名利而画，仅仅只是为了满足一下对美的追求而已。”顾彼德感慨万千地说：“时间，在纳西人眼里是一位文质彬彬的良师，一位值得信赖的朋友。”

的确，纳西族具有优秀的音乐传统，几乎乡乡都有民间古乐队，每逢节假日，他们就在玉泉五凤楼内演奏。四方街是古城的中心，周围小巷曲折，四通八达。街道全用五彩石铺砌，平坦洁净，晴不扬尘，雨不积水，几乎每条街道一侧都伴有潺潺流水。泉水随街绕巷，穿墙过屋。水边杨柳轻拂，柳下小桥座座，形成“家家流水，户户垂杨”的独特风貌。来到这里，会使人倏然感受到“东方威尼斯”的韵味。站在丽江街头，我生出许多感慨，当忙碌的人们忙得没有一点闲情逸致的时候，当贪得无厌的市侩穷得什么都没有只剩下钱的时候，丽江古城的居民与清悠悠的泉水相伴的这份悠然恬淡所流露出的享有时间的幸福，以及拥有平和的富足，是否更让人羡慕？

古人云：“水尝无华，相荡而成涟漪；石本无火，相击而生灵光。”其实，丽江的风格，让人感受更多的正是一种自得其乐、不事张扬的生活态度，或者说是一种相对隐逸的追求。人们都平静地过着自己的日子，编织着自己的故事，清清爽爽，随意和谐，不必顾及外面的喧嚣，只需拥有一个自己的空间，你便拥有了整个世界。因为，那独具匠心的亭台楼榭、小桥流水之中，已经包容了无限的景致。

夜色降临，万家灯火抒写着古城的奥妙与神秘。古镇尽头的水车不停地旋转着，那“咿咿呀呀”的韵律抒写着古城的宁静与生机。如果不是近在咫尺的玉龙雪山，你会有一种时空错位的感觉，仿佛恍惚间到了水乡江南。

梦幻九寨沟

最初我是从电视上认识九寨沟的，翠海、叠瀑、彩林、雪峰、藏情，被誉为九寨沟“五绝”。她的神奇、她的瑰丽使我惊诧不已，从此，心里便有种无法抗拒的感动，无法抗拒的诱惑，无法抗拒的魂牵梦绕。“到九寨沟去，去感受自然，感受生命。”这是多年来常常鸣响在我心中的愿望，它时不时地催促着我，使我下决心要早日实现这次旅行。

终于踏上了“朝圣”之旅。我们乘车从成都溯岷江而上，虽然一路山高路险，甚至惊心动魄，但是，一想起马上就要见到心仪已久的九寨沟了，便沉浸在一种兴奋和激动里。

心和着急速旋转的车轮就像着了魔似的被一种巨大的诱惑牵引着，一刻不停地向前奔驰。多情的岷江和岷山一直伴随着我们，并为我们十几个小时的旅途增添了几分惊险刺激和情趣。其实，岷江全然没有想象中的优雅清丽、轻柔温婉，而是汹涌澎湃、一泻千里，永远以一种冲刺的姿势奔腾向前。山路崎岖蜿蜒，峡谷震荡，汽车沿着岷山峭壁上的公路时而爬上云端，时而又驶入深谷。我坐在车上观两岸夹峙，峭壁千仞，巍岩嶙峋，岷江奔腾的怒吼冲击着山崖，震荡着山谷，心弦始终绷得紧紧的。汽车上放映着九寨沟的风光片，导游是个20来岁的姑娘，她能歌善舞，非常活泼，因为她姓左，大家都亲切地叫她“左导”。为使大家的旅途开心愉快，她动了不少脑筋，组织了不少娱乐节目，为乏味的旅途增添了不少快乐。当汽车行至叠溪海子边时，左导拿起话筒向我们讲述了一个撼人心扉的真实故事：1933年8月，天公震怒，地动山摇。这里发生了一场大地震，造成七级塌陷，山崩地摧，无辜的叠溪镇——这个千余人的小城，顷刻间全部被覆压在无情的岷江江底，那一个个茁壮的生命，刹那间永远消失了。岷江为之堵断，直到断流后的第45天，滔滔岷江才冲开堰坝，在江流的淤塞处形成了上下两个被高山夹持、长达数里的高山湖泊。如今，我立在岸边俯瞰，湖面平静，湖水无言。青碧的湖水，看似温柔，但在水面下的深底，却潜藏着一个小镇的悲惨故事。望着东西山城隐约可见的砖垛，我感到生命的脆弱，不禁再一次对大自然产生了深深的敬畏。的确，在大自然面前，任何人都是十分渺小和无奈的！

汽车到达松潘时已近黄昏，公路两边的红黄蓝三色经幡轻轻拂动，上面写满了祈祷与祝福的藏文。松潘是座不大却很古老的边城，滚滚岷江穿越而过，当年红军长征曾在这里休整，高高的山峰上，耸立着红军纪念碑，据说该碑全部用金属材料制成，在晚霞的映照下金光灿灿，分外耀眼。

随着车轮不停地旋转，公路两边的景色也越来越吸引人的眼球。“车驶进画中了。”我身边的画家老马情不自禁地对我说。的确，我已经嗅到九寨沟特有的气息，看到九寨沟迷人的景色，我感觉我的心连同我的身体与九寨沟渐渐融为一体，成为这幅精美组合画中的一部分。这时，除了惊叹，你会忘记一切，感觉凝固了，思绪似乎也冻结了……

从见到九寨沟的那一刻起，我便觉得与九寨沟仿佛有种前生的约定。

翌日清晨，我们在左导的带领下前往九寨沟景区。路上，左导为我们讲述了一个关于九寨沟的美丽传说：主管草木万物之神比央朵明热巴有九个聪明勇敢、美丽善良的女儿，她们来到十座雪峰上空，见蛇魔在水中投毒，人畜倒毙，气愤极了，便与蛇魔搏斗。经过一番苦战，她们打败了蛇魔，然后留在这里，与九个藏族男子结婚成家，一起重建家园，以后形成九个部落，分居九个寨子，因此这里就被称为“九寨沟”。

九寨沟山美，树美，云美，雪峰美，瀑布美，最美的是来自皑皑雪山和原始森林的雪水。雪水汇成溪流，聚成湖泊，又溢成瀑布。瀑布随山谷流淌，汇成下一级梯形湖泊，从沟底到沟口，绵延数十公里。湖、瀑、泉、滩如晶亮的宝石，镶嵌在苍翠的森林峡谷之中。这些神秘的小湖，让人看了心跳。传说，很久很久以前，一个叫达戈的男神，热恋着美丽的女神沃洛色嫫。一次，达戈用风月磨成一面宝镜送给心爱的女神色嫫。不料魔鬼插足，女神不慎打碎宝镜，宝镜的碎片散落人间，变成了114个晶莹的海子，它们像宝石一样镶嵌在山谷幽林之中。从此，人间便有了这处童话般的梦幻仙境——九寨沟。

从九寨沟沟口向上，奇瀑秀湖连接不断，天空浓蓝晶亮，几缕闲散的白云那么随意地一抹，就和远山斑斑驳驳的雪峰融在一起。雪线以下的山体，远看艳绿而蓝，有的浓，有的淡。几团青不青、黄不黄的灌木拥着一棵古松伫立在湖边，倒映在湖里，相互浸润着、融合着，成了一潭调配得妙不可言的彩色的湖。湖水清澈见底，洁净而透亮，但又不是单纯的亮白。那是一种透明的色调，缤纷的落英点缀其间，五颜六色的。落下一片花瓣，一片树叶，也会荡起一圈一圈的涟漪。

九寨沟的交通十分便捷，电瓶汽车环行在九寨沟所有的景点，可以免费随时搭乘。但有些景点我们是甘愿徒步去欣赏的。九寨沟步换景移，处处风景迷人，我们在光影摇曳的林间小路和灌木丛中穿行，满目的绿色让人神安心静，散淡闲适。

九寨沟特殊的地形地貌，形成了景色奇绝的多级瀑布：有的穿林而出，犹如脱缰的野马向前奔驰；有的飞流直下，似一匹匹白练高悬；有的如一排排细流沿崖轻下，又如一串串珠帘垂挂。站在树正瀑布前，但见水势汹涌，声若雷鸣，流水从高处蜿蜒而下，时起时伏，它跳跃着、歌唱着，随着阳光照射角度的强弱，照射时间的长短，以及云影、树影等因素而变化着，有时温柔，有时粗野，有时晶莹如冰挂，有时幻化出迷人彩虹。最令人惊叹的要数诺日朗瀑布，该瀑布高20多米，宽100多米，从高处悬崖的树林中飞出，又突然消逝在谷底的树林中，腾起蒙蒙水雾，映出道道彩虹，不愧为罕见的“森林瀑布”奇观。

来到五彩湖边，我被它的美丽深深打动。这是一汪怎样的湖啊！你心中有多少想象，湖中就有多少幻象。在湖边，我思绪翩然，真怕惊扰了泊在水里的云彩。湖水明净，如同一个肉体和灵魂都光彩照人的美人。我站在湖边，静静地看着她，心就渐渐地蓝了起来。我终于看出了湖的层次，看到了水里的云杉、红松、白桦，以及湖底多种颜色的沉积物和繁生的水藻，它们都静静地站着或躺着，在湖水里和鱼儿悄悄对话，使湖水呈现出黄、橙、蓝、绿等多种色彩，在阳光的照射下显得斑驳陆离、绚丽夺目。这是水净化后的颜色。我想，人的心灵被信仰和爱净化之后，也一定是这种颜色吧！

数不清九寨沟有多少潭湖水，只觉得每潭湖水都是那么清纯，那么多情，那么充满朝气、充满魅力。我们来到熊猫海，这是一个波平如镜、清澈见底的水池，因其形状酷似大熊猫而得名。传说，一只大熊猫到这里来喝水，一喝便“醉”了，它看见水中自己的影子，误认为自己的伙伴也到这里与它抢水，就拼命地喝，直喝得肚子滚圆，最后竟摇摇摆摆地跌倒在湖边的草地上。它真的醉了！我们没有理由去责怪它，面对这如梦似幻的湖光山色，又有谁能不被陶醉呢？

位于日则沟的五花海，被誉为九寨沟之精粹，因湖中多种水生植物颜色各异，在阳光作用下，湖水幻化出的缤纷色彩，或宝蓝、或青翠、或玉碧……因季节更替，水的颜色也会千变万化。据说在秋季，岸上林丛赤橙黄绿倒映水中，与水下植物相互渲染，尤其美丽。此刻，阳光洒在湖面上，微风轻拂，泛起一波波五彩的涟漪，使人怀疑自己在不觉中闯入了童话世界。这清纯无瑕的湖水，驱除了你的忧伤、你的烦恼，以及你的欲望和杂念，只剩下对美的珍惜和热爱。

九寨沟植物资源丰富，植被类型多样，几乎包括了所有大的世界分区。形态上原始的领春木、连香树、金连花、独叶草红松、云杉、冷杉、赤桦等，对研究植物系统演化及植物区系的演变均有一定的科学价值。九寨沟的森林 2 万余公顷，在 2000 米至 4000 米的高山上垂直密布，是我国和世界上针叶植物最丰富的地区。吸一口纯净透明的空气，吹一吹柔和清新的山风，看一看这如诗如画的美景，在夏日里，是多么令人心旷神怡。

美国跨国公司总经理林德布雷游览了九寨沟后，惊叹道：“地球上有九寨沟这样的景观，是一大奇迹，是我们人类的一大幸运。”美不胜收的自然资源，构成了九寨沟独有的自然风貌。九寨沟的美若非身临其境是很难领略到的，我平生到过许多地方，也见过许多美丽的湖泊，但从来未像见到九寨沟时那样感到心动、心醉。我痴望着澄澈宁静的湖水，而湖水不知不觉中已渗进我心灵的深处，感动得我无法自持，任凭抑制不住的泪水溢眶缓流。

大凡到过这里的人，都会对九寨沟留下美好的印象，都会和我有着同样的感受。九寨沟，我心中的美神，你使我的身心贴近自然，得到了一次心灵的回归。

走进黄龙

告别如梦似幻的九寨沟，我们的汽车直奔被誉为“人间仙境”的黄龙。黄龙的名字，竟与大禹治水有关，《松潘县志》载：“禹治水至茂州，黄龙负舟，助禹导水……后黄龙修道成仙而去，遗五色山水于世。”精美绝伦的景致背后，通常都有神话故事的支撑，黄龙也不例外。世间何来钟灵毓秀的“人间瑶池”，古人难以参悟，于是，凭借着形如龙鳞的彩池，再附上一段引以信服的佳话，便有了“黄龙”这个神奇的名字。

汽车沿着山路盘旋而上，由于山高气寒，附近的山坡上看不到树木，只有绿茸茸、湿漉漉的草坡随着山势的起伏而绵延，犹如一幅幅巨大的锦缎铺展在高天之下，牦牛和羊群在蓝天与草地之间显得十分悠闲。在这叠翠拥绿的莽莽山岭之上，巍然耸立起几座山峰，中间那座被蓝色的高空辉映得晶莹透亮的山峰就是雪宝顶，附近的山坡也被渲染得无比纯净鲜丽，峰顶缭绕着朵朵白云。我们走下汽车，顿感一丝凉意。这里的天空格外蔚蓝，空气一尘不染，几个藏族小伙见我们下车，便骑马而来。他们身着藏袍，凌空挥舞着马鞭，蓝天下的雪宝顶映衬在他们身后，看上去那么使人兴奋!

黄龙景区的山门显得很狭小，这可能与它特有的地理位置有关。走进山门，便看到小桥下哗哗流淌的河水，水中长满青苔的石头清晰可见，走过一片树林，黄龙特有的黄白相间的钙化地貌便进入视野。

脚下木质的栈道从山下一直伸到山顶，栈道穿林过滩，我们听瀑观湖，不用赤足涉水，照样能够体味其中的乐趣。沿着栈道缓缓前行，真如同走进了仙境，一大片溪水沿着平缓宽阔的石滩奔泻而下，滩上全是乳黄色钙化沉积物，像一块巨大的石板斜铺在山坡上。钙化滩上参差错落着一些低矮的古木，溪水在草丛古木之间漫流，远望像是洪水泛滥，近前才发现溪水清澈异常，只是滩底的钙化物将溪水映黄了。而那裸露的宝石的颜色、形状，类似石灰岩溶洞中的钟乳石，有凝脂般的光彩，黄润晶亮，跌宕起伏，像一条身着黄鳞的巨龙盘旋而上，甚是壮观。

在山坡上、树丛间，我们看到无数钙化岩溶形成的五颜六色的彩池。这些彩池大小不等，上下相依，组成奇特的梯状湖泊群，湖波涟漪轻荡，波光熠熠，令人眼花缭乱，目不暇接。因湖底石质及天气、光线、树影的不同而呈现出不同的色彩，鹅黄、银白、浅绿、青黛、淡蓝，真可谓五彩斑斓，澄澈明镜。最令人心动的是金沙滩，滩面石岩累累，高低错落，清冽的雪水奔流其间，溅起满滩浪花，欢啸不已，色彩搭配得非常和谐美妙。“千层碧水走黄龙”，据说这是世界上最宽、最长、色彩最丰富的钙化流景观。彩池之美，绝不仅仅只在池中，从审美角度来看，一如平镜的静态小池，竟能将晨星夕月、远山近树，以及日月光华尽纳池中，这才是黄龙的美学极致。而岔景池、争艳池、明镜倒映池、映月彩池的命名，则无形中遵从了这一原则。

如果说近邻九寨沟胜在水银泻地的瀑布与幽幽不可名状之水，那么，黄龙之美多半要归于钙化，那是大地的乳汁，连绵不绝地为脚下的那方山水塑形。

钙化瀑布在全球范围内分布较广，而像黄龙这样状如梯田、势如叠浪的钙化池群，却是屈指可数。黄龙彩池数量庞大，个中姿态绝不雷同，恰如“大珠小珠落玉盘”，各有节律；论水色，池壁如璞玉，似牙雕，又因水底沉淀物和树木、山色的千变万化，从而呈现出黄、绿、青、蓝；论池形，又能分出马蹄、明镜、月牙等上百种。

黄龙景区还有几处非常迷人的峡谷，但最美的当推丹云峡。走在峡谷中的小路上，就像走在两侧挂满佳作的画廊里。石马关的峭壁悬崖、观音岩的嶙峋怪石展示出丹云峡的山石之奇；龙滴水的飞瀑、凌冰瀑的宣泄构成丹云峡的灵水之妙；而路旁和峭壁怪石的夹峰里则生长着杂树山花，一派生机盎然的景象。如果说黄龙金色的钙化彩池群落是一幅幅着色考究的西洋油画，那么丹云峡及其俊秀的峡谷风光，便是当之无愧的黄龙奇观的“四绝”之一。

漫步黄龙，犹如行走在艺术大师精心描绘的经典画廊里，让你不敢相信自己眼里看到的美景竟然是真实的存在。

钱塘江观潮

“天排方阵千雷震，地卷云山万马腾”，这是古人形容钱塘江大潮的诗句。

农历八月十八日，是观赏钱塘江大潮的最佳日子。因为这一日江潮最为壮观，一年中，盐官镇的这天也最为热闹。来自四面八方的中外游客一大早便云集这里，为的是一观钱塘潮的壮阔风采。我和好友郑治权从长兴驱车两个小时来到盐官，还没有进盐官镇就明显感觉到道路的拥堵，从汽车的牌照可以看出，有不少人是从千里之外来到这里领略大潮的壮观景象的。

到了盐官，想找一个车位都很困难，停车场里、农家门前及大宅小院里都停满了汽车，而且停车费高得惊人——停一辆汽车交费 100 元，也有收 80 元的。千里迢迢到这里观潮，大家的心情和兴致都很高，谁也不在乎这点消费。买了门票，我们随着如潮的人流向江边涌去。这时，江堤上早已观者如云，好的地点更是人山人海，当地的朋友为了尽地主之谊，把我们带到了观景台上。这里是观潮的最佳地段，但收费也蛮高的，租一张小桌 800 元（不含任何东西），每把凳子再加收 80 元，尽管如此，仍是座无虚席。我们落座后大约过了半个小时，忽然有人高喊："大潮来了！"前面的人群开始躁动，紧接着许多人也都伸长了脖子跟着欢呼起来，一向矜持的我也深受感染，跟着大家一起呼喊起来。

远远望去，大潮如素练横江，声如金鼓，向前推进。潮水离我们越来越近了，当潮水快要经过眼前时，顿觉山岳停峙，声震九天，排山倒海，气势恢宏，耳旁如天鼓雷鸣，眼前似万马奔腾。震天的声响和那排山倒海的声势，将贴近岸边的观潮者吓得不自觉地往后紧退几步，起先往前挤的也不再挤了，生怕被这巨响和脚下的潮水吞噬、卷走，这大潮可谓夺人先夺气也。这真是"滔天浊浪排空来，翻江倒海山为摧"。

与静静的湖水不同，海水的水位不断地发生着周期性的变化。人们把发生在白天的海水涨潮叫"潮"，把发生在晚间的海水涨落叫"汐"，合称"潮汐"。总体上说，钱江潮的速度极快、力量极大、来势急猛地向前推进，而湍急的江流不断地往下奔泻，发出撼天动地的吼叫，任凭你是磐石巨岩，钢柱铁罐，都挡不住滚滚的潮流，望去排浪如壁，阵势宛若崩山摧峰，齐刷刷城墙般咆哮着向前扑去，一路前行，浩浩荡荡，所向披靡，两米多高的浪潮盖过了所有观潮人的惊呼和尖叫声。

据介绍，潮汐的形成与地球的引力有关，在地球不同的纬度上，受到的引力也不同，加上不同的地区、不同的地形，各地海洋的潮汐情况也有所不同，有全日潮、半日潮和混合潮三种类型。潮汐作用对于海岸地貌形态的形成具有重要意义，许多海湾地貌可以构成美丽的景观。在我国，最著名的海潮景观就是杭州湾的钱塘潮了。专家们野外考察研究的结果表明，大潮的形成主要与钱塘江河口的形态有关。钱塘江的河口与长江、黄河等河流的河口形状不同，它是一个巨大的喇叭口，换句话说，钱塘江江身并不宽，但河口突然变大呈喇叭状。这样，当大海潮涌时，海水从宽约 100 公里的大江汹涌奔腾地涌入，直向喇叭口内推进，由于水道越来越窄，到了翁家埠一带，海湾仅宽 4 ~ 5 公里了，在这里，海潮被狭窄的水道夹住，前进受到阻碍，而后边的潮水源源不断，于是出现了后浪赶前浪、一浪高一浪的局面，使得潮头如山、潮水如壁，形成了波澜壮阔、举世无双的钱塘江大潮。

汹涌的钱塘江大潮在不同的地段呈现不同的景象：在海宁盐官镇一带，海水排成一列，齐头猛进，形成壮观的“一字潮”；在盐官镇东 7 里的八堡，可见到南北两股潮流相撞，势如山崩地裂，人称“碰头潮”；在盐官镇西 8 里的老盐仓，则可见到怒涛惊天、碎作泼天骤雨般的“返头潮”。因此，从地点上来讲，观看钱塘潮最佳的场所是海宁盐官镇。从时间上说，每月朔望都可以看到大潮，但一年之中最好的观潮时间是在农历八月十八，人称“潮生日”，这一天，潮势最猛。钱塘大潮的潮头一般有 1 ~ 2 米的高度，最高时可达 2.5 米。它的传播速度也很快，大潮带来的海水，每秒可达几万吨，然而在迷人的潮水下，每年都会发生有人因在不安全地段观看钱江潮而丧生的悲剧。

钱塘江大潮，白天有白天波澜壮阔的气势，晚上有晚上的诗情画意；看潮是一种乐趣，听潮同样引人遐想。难怪会有人称赞“钱塘郭里看潮人，直到白头看不足”呢。

雨意的周庄

周庄真是个令人向往的地方。未到周庄就先爱上了它的名字，这可能是“望文生义”所致吧！那时，便认定周庄就是一个静谧、古朴、温柔的水乡。

也许天公不作美，快到周庄时竟淅淅沥沥地下起了小雨，但导游小姐却风趣地说，要游周庄，就得带着细雨来，它为你接风洗尘，这才别有一番风味呢！

走进周庄，看见路口拱门上写着“中国第一水乡”的横幅。再往里走，只见拱桥水巷，小桥流水，那整齐狭窄的石板街面，那古旧建筑和犹存的古风，让人不得不称赞这“第一水乡”的奇特。

周庄的历史是用水写就的，碧澄而流长的水，使它变成了一件文物，变成了一个敞开的博物馆，变成了一部耐人寻味的历史。

这是一个典型的江南水乡，“镇为泽国，四面环水，港汊分歧，湖河联络，咫尺往来，皆须舟楫”，道出了它的地域特色。浩荡的河湖阻隔，使得周庄避开了历代的战祸，始终宁静平安，至今仍较为完整地保存着原有的水镇建筑及其独特的格局。

周庄给人的第一印象当然是幽谧、宁静、素朴。整个古镇就像漫浸在碧波之中，岸上的景物倒映于水中，独显一份灵韵。古镇以水成市，以水成镇，每一处景致都充满了阴柔婉约之美，水成了周庄的命脉、周庄的灵魂。

其实，周庄最初只是一个小村落，到了元代中叶，方逐渐发展起来。一个地方的迅速繁荣，必定与商业活动有关，而商人中的巨富无疑起着举足轻重的作用。周庄也不例外。自从江南富豪沈万三由湖州南浔迁徙至周庄，周庄仿佛一夜间富了起来。雨丝慢慢地飘着，轻柔得如春柳拂面，也为周庄那轻柔的河面蒙上了一层醉意，晃荡出一份幻化的朦胧。

到了沈厅，我细细地品味着这里的一砖一瓦一木。沈厅是苏南水乡古建筑的代表作之一，建筑风格细腻动人。求精不贪大，钱财为富，权势为贵。尽管富、贵这两个字像孪生兄弟般相似，也常相随，但在“士农工商”等级森严的封建时代，它们却有着明显的区别。“船从厅中过”的沈厅显示着主人的富有，然而因缺乏官场气势，在形制上不得不有所顾虑。尽管如此，沈万三仍然没有逃脱厄运。据民间传说，明太祖朱元璋需要修南京的城墙，沈万三曾资助一万三千两白银，负责洪武门至水西门一段工程，因工程超支，他又捐了一万三千两，但朱元璋贪得无厌，命沈万三交出聚宝盆，沈不从，将银子运回周庄，藏在银子浜下，又携带聚宝盆远走他乡，后来被朱元璋的御林军捉住，铁镣长枷发配云南充军。我想，在那荒蛮烟瘴之地，他一定常常会梦到周庄的流水和石桥吧！但他伤痕累累的人生孤舟却搁浅在如此边远的地方，怎么也驶不进他熟悉的港湾。不论是传说还是事实，都证明沈万三因为“露富”而犯上，最终客死他乡。若干年后，他的灵柩才被运回周庄，葬于银子浜底。

沈厅原名敬业堂，清末改为松茂堂，由沈万三后裔沈本仁于清乾隆年间建成。沈厅面临河埠，但已没有临河梳妆和洗菜的女人。来来往往的船只，载的都是喜笑颜开的游者。

沈厅虽历经百年风雨，有些地方已显出苍老，但绝不会给人留下破败和潦倒之感。那些建筑雕刻也极精美，或灵动俊俏，或拙笨憨厚，或夸张变形，令人叹为观止。门框的图字，制作非常纤巧，内容饶有趣味。而门头雕饰，左边是一枝随风摆动的兰花，右边则变成了炸裂的石榴，于细微处见功夫。能工巧匠的独特技艺常常体现在这一点一滴之间。即使到了现在，那桥栏上的石牡丹依旧灿烂如昨。码头上系船的青面獠牙怪兽，还在一丝不苟地夸张着生动的表情，于精巧中现灵气。

周庄的魅力，还在于她蕴含的文化气质。

周庄历来人文荟萃。因其环境优雅，不仅是读书的好地方，也颇有读书的好传统。历史上曾出过进士、举人20多人，有的官至太尉。周庄在中国文化史上最值得称道的是与近代著名的文学团体“南杜”有密不可分的关系，当年在周庄的南社成员甚多。叶楚伧、王大觉、陶惟坻等都是周庄人，周庄至今还保留有他们的故居30多处。

1989年，在一片潇潇洒洒的江南春雨中，又走来了台湾女作家三毛。时隐时现的田野、村舍、湖泊在她面前掠过，如诗如画，如梦如幻，令这位因崇尚大自然而立志走遍万水千山的女作家感动不已，她感叹：“这就是我朝思暮想的江南水乡！这就是我心目中的故乡！”三毛悄悄地漫步在长街小巷，走过一座又一座石拱桥，走过一条又一条石板街，古色古香的民居、桥楼、河埠、水墙门，让来自海峡彼岸的女作家感到那么陌生，又那么亲切，半生的乡愁一下子有了慰藉。

周庄的美是在其他地方找不到的。来到周庄，犹如置身画中，不知不觉中自己仿佛已融进这小桥流水人家的美景中。

雨漫不经心地下着。我们坐在船上，那河道仿佛一座流动的舞台。一座座彩虹似的小桥从头顶横过，极美的倒影被渡船一撞，支离破碎，十分可惜；河岸上古朴的建筑，优哉的庄民，仿佛在向我们点头微笑，招手致意；酒楼茶肆的旗幡，五彩缤纷，缓缓飘动，像在跟游人诉说着历史的沧桑；岸柳婀娜多姿，像一幅绝妙的水粉画；从小巷茶座飘溢出来的茶香、饮食店里的糯米糕味，令人垂涎欲滴。穿行在如诗如画的佳景里，真是说不尽的惬意，道不尽的愉悦。就在这瞬息间，我才真正捕捉到了周庄的神韵。

小雨不知什么时候已经停止，夕阳的余晖洒了下来，雨后的周庄显得更加俏丽娇媚。

登上返程的汽车，我兴奋的心旌仍被历史和现实激荡得总是停不下来。

高原读云

离开青藏高原已有多年，生活又恢复了往日的平静。回忆在青藏高原的日日夜夜，许多往事燃起了我的激情。尤其是天空中那千姿百态、异彩纷呈的云，仍时时飘浮在我的心幕上。

在青藏高原，我经常在天气晴朗的日子到宽阔的河岸与牧民攀谈，也曾小心翼翼地骑在马背上在无垠的草地上驰骋。更多的时候，我则躺在河边绒毯似的草地上，一边聆听淙淙流水弹奏的乐章，一边静静地仰读天上的白云，这真是一种高雅、惬意的享受。

高原的天空湛蓝湛蓝的，被变幻莫测的白云点缀着。阳光暖暖地照在身上，薄如纱、轻如羽、洁如雪的云朵慢腾腾地向天空铺散，轻盈地、低低地走进人们的视野，它是那样的轻，那样的薄。此时的我仿佛也变得轻盈了。人们用眼睛注视它、端详它，用不同的语言赞美它，用心灵去触摸它。

高原的云，充满生机，纯洁无私，装扮着蓝天大地；只要你真正读懂它，你单调的生活便会变得有层次、有诗意。

云朵团团簇簇，有的像奔驰的骏马，有的像雄伟的山峰。更多的时候，它则像一团洁白的棉絮。有风时，它会匆匆赶路，飘到哪里，哪里就是它的家；无风时，它便优哉游哉地给人们展示它的娇容，让你平静的心潮漾起层层美丽的涟漪。偶尔，一朵云遮住头顶上的烈日，或远或近的草地上便会投下一片片游动的云影，随着这飘逸的云霓，你的身躯、你的灵魂就会有一种羽化成仙的感觉。

渐渐地，我与高原的白云便有了感情，一日不见，总觉得生活失去了许多色彩。有时我走出户外，仰望天空，猛然不见了白云，便会不自觉地萌生出一种寂寥和惆怅，仿佛与久违的老朋友失去了相邀的约会。

很难想象，如果高原上缺少了如此美轮美奂的云彩，会是一种什么格调。是苍凉，是凄清，还是萧条？我说不清楚。然而，这不断呈现在天空中的自由洒脱的云，好像有灵性地为满足人们的内心需求，才向人们展示它的美丽。在高原上，只要有了云，便会给人们带来许多慰藉、遐想和美好向往。其实，人们的寂寞、痛苦与无奈往往是因为过于专注自己、封闭自己、轻视自己。如果，这时你抬头看看天空，看看云朵，或许大自然鬼斧神工的造化真的能给寂寞、疲惫的心添加一份清爽的愉悦，带来一份恬静的惬意。沐浴在白云下，人们的脾气个个都很好，每个人的脸上都那么安详、平和、坦然与宁静。

在青藏高原的日子里，读云似乎成了我生活的重要组成部分。当我用一颗虔诚的心去感受那如梦如幻的、空灵的云朵时，我便与云进行了平心静气的交流。在洁白的云朵下，我的心境极佳，脑海中所有的繁杂意念，内心里一切的郁闷、愁怨，都会被云这个精灵全部稀释，我的灵与肉也被溶化到云中去了。

在高原读云，你会读出高原与内地云的不同韵味来。高原的云，低低地挂在你的头顶，仿佛信手可撷。极目远眺，则会看到云和地平线连在一起，分不清哪是地、哪是天，使人不由得感到它的温柔亲切，真实与可信。在内地，你很难找到这种感觉。云高高地悬在天上，拒人于千里之外，你会觉得它高不可攀，自然也就没有那么多兴致去读它了。

只有在高原，你才能领略到云和人的那种出神入化的感觉，才会觉得眼前久凝不动的云，其实就停泊在你的心里。

庐山散记

自幼便从李白、苏轼等诸多名家的诗句中领略到庐山的秀色，但真正身临其境地观赏到它的雄姿及莫测之貌，却是在 1996 年的暮秋时节。

其实，所有的名山秀水都与文人墨客有着深深的情缘。这些大自然的杰作，倘若没有他们的宠爱，便极难产生轰动效应。因此，文人对山水情有独钟，山水对文人也有着难解的情结。正所谓“江山需要文人捧，而文人挥毫也多得江山之助”。庐山也不例外，仅历代文人学士题咏庐山的诗文就达 4000 余篇，其中不乏传世之作。陶渊明、孟浩然、李白、杜甫、白居易、苏轼、王安石、陆游等都曾留下令人叹为观止的诗文。有了这些名篇佳句，再加上得天独厚的自然环境，庐山便身价倍增。庐山虽不在五岳之列，名气却并不在五岳之下。

庐山还是一座政治名山，新中国成立前蒋家王朝的夏都、新中国成立后三次庐山会议的召开，都在这里留下了许多历史见证。

庐山的交通远胜于其他名山。我们一行是乘汽车上庐山的，庐山的公路修得很好，从山脚到山顶全是较为宽敞的沥青路，汽车绕山而上，一直开到山顶我们下榻的疗养院。该疗养院坐落在如琴湖畔，离庐山中心的牯岭仅百步之遥，占尽天时、地利。晚上，疗养院为我们专场安排了歌舞，大家旅途的劳顿一下被冲洗得干干净净。歌舞完毕，正是庐山灯光阑珊之时，同行的几个文友岂肯辜负了这良辰美景，便相邀来到牯岭散步。但见街道两边商店、酒家林立，夜总会、歌舞厅及成群的别墅式建筑临街排列，与街心公园相对，热闹非凡。据导游介绍，牯岭镇别名“云中山城”，100 多年前就有西方人在此修建别墅，是庐山旅客接待的中心，也是很多游客游览庐山的必选之地。宋时以白鹿洞书院为中心，而晋朝时以东林寺为中心。我们穿过熙熙攘攘的人群，沐浴着深山芳馨的气息，有种心旷神怡、乐不思蜀的感觉。

庐山的景点多建在山上，汽车大都能开到附近，所以许多美景使人颇有些俯拾即是的感觉，给人留下的印象远不如步行上山付出劳累和汗水后欣赏到的景色那样隽永、那样难忘。

回忆庐山之行，观赏三叠泉时的情景最值得回味。我们的汽车停在离三叠泉约 3 公里的一片开阔地上，要想游览三叠泉，这 3 公里的坎坷及高高低低的数不清的台阶，便只有靠我们的两条腿去征服了。起初大家都满怀信心，丝毫没有把余下的这段路放在眼里，走了一段后便渐渐地有些力不从心了。

但大家仍怀揣希望地向三叠泉靠近，及至最后只有麻木又机械地抬腿了。这时，我对古人产生了深深的敬仰之情。起初他们到这里来时，绝对没有这么平整的台阶，没有沿路摆设的摊点，他们身背干粮、怀着朝圣般的心理征服了路途艰险，当这些景色展现在他们眼前时，他们所流露出的那种狂喜、那种激动是不言而喻的。因此，他们的作品才会惊天地、泣鬼神，才会有那么强的感染力。他们已把生命交给大自然，并与之紧紧连在了一起。也许被古人的精神所感召，我的信心又增加了些许，但望着怎么也没个尽头的台阶，我仍有些缺乏勇气。同行中，先是有几位女士望“景”兴叹，继而又有几个男士因体力不支停止了脚步。

“不到三叠泉，不算庐山客”，在精力殆尽时，山道旁两行醒目的大字使我的勇气陡然增加了许多。既然千里迢迢来到这里，留下这个景点不能目睹，该是多么遗憾的事，想到这里，我决心拼上一回。就在我步履艰难，疲劳至极时，蓦然一个蔚为壮观的景色深深吸引了我。阳光下，一条垂直的彩练从高耸云端的山顶飞泻而下，气势雄伟，但猛地一下，它撞在半山的巨岩上，发出轰然震耳的咆哮，仿佛决意要与山崖织成的屏障做最后一次冲杀似的，一路呐喊着厮杀着冲出了重围，形成各显其趣的三叠。

这就是三叠泉了！站在三叠泉瀑布下举目仰望，我全身心都为之震撼。难怪宋时居住在五老峰下白鹿洞书院的朱熹老先生，听人说起三叠泉的奇胜之景后梦寐难忘呢，只可惜他年迈多病，没能亲自观赏，而发出“未能一游其下，以快心目”的感叹。游三叠泉，我得到这样一个启示：想要寻奇觅胜，若不为此付出一番艰辛，便很难领略到奇伟瑰丽的景象。

除三叠泉外，庐山之行给我印象较深的景点当属天桥和锦绣谷。天桥两崖拱峙，峭石堆砌。传说明朝开国皇帝朱元璋平定江南时，与陈友谅决战鄱阳湖。有一次朱元璋战败，策马至此，为悬崖深涧所阻，而后边追兵疾驰而来，正在万分危急之时，一道金光闪耀，巨龙从天而降，化为一石，横卧于悬崖之上，形成一桥，朱元璋绝路逢生，立即策马而过，随之一声巨响，石坠桥断，陈友谅见状大惊，只好鸣金收兵，天桥便由此而得名。

领略了天桥的奇景与险胜，我们便踏上仙人洞的“仙路”前往锦绣谷。仙人洞是“仙迹”的中心，踏着“仙路”继续前行，拐过小弯，抬头处即见苍岩翠壁，参差如手的“佛手岩”。佛手覆盖下，一洞中开，高深各三丈余，这便是著名的仙人洞，洞内多诗词刻石，洞的中央有座石雕的纯阳殿，内置吕洞宾石像，传说仙人洞是吕洞宾求仙学道之所。

循着绝壁悬崖的石阶便道继续前行，锦绣谷的景色便尽收眼底。这条石阶路修得极好，沿途的景色真如一幅锦绣画卷。游览那天，因天气阴湿，云从谷内缭绕，仿佛云海翻卷。锦绣谷的确名副其实，这里千岩竞秀，石壑回萦，脚底下的石阶小道在悬崖绝壁之间迂回曲折。漫步其间，我们尽情欣赏着大自然的景色，看着脚底的云海，仿佛置身于仙境，真有一种缥缈一身轻的感觉。

就这样，我们一边轻松地谈笑，一边行走，无不为锦绣谷的锦绣之色而深深迷醉。

这长约 1.5 公里的山道，不知不觉中便被我们抛到身后。

被智者光芒照亮的山

很多时候，人们到一个地方，是在不经意间抵达的。然而，往往就是这不经意，却能使你获得一种全新的生命体验。

老君山，因东周守藏室史李耳辞官、西出函谷关归隐此山而得名。它如今是国家5A级景区，国家级自然保护区，世界地质公园。老君山是800里伏牛山的主峰，海拔2200多米，山势雄伟，群峰竞秀，峰林洞涧，千姿百态，可谓“天连五岳全雄晋，地接九州巍伏牛”，称得上是洛阳市的后花园。

追寻着老子的足迹，隔着2000多年的时光，在炎热夏日里，我来到老君山，一则为了避暑，二则在精神的纬度里，近距离感悟老子的道，因为他值得我们仰望。

创立于东汉年间的道教是我国的本土宗教之一。道教将先秦时期著名的哲学家、思想家老子奉为始祖，并尊称他为“太上老君”。在民间传说中，老君是普济苍生、救苦救难的化身，后人为了纪念他，争相为灵山秀水涂抹上浓郁的道教文化色彩，使旖旎的自然风光平添了人文内涵，也沾上了令人神往的仙气。位于栾川县城南3公里的老君山便是这样一处道教圣地。

周武王时，老子做守藏室的史官。在这里，他潜心于书籍之中，对世人有了更深切的体认。他历任周朝的史官，最能洞察世态的冷暖与炎凉，最能阐释人性与事物的本质。周昭王二十三年，当他目睹周王朝的没落与衰败后，产生了“去周隐居”，准备“西去流沙，以化异俗”的想法，于是离开洛阳，西出函谷关。守关关令尹喜平日非常喜欢道术，听说老子即将出关隐居，则热情地请老子留下，并请求老子为他写些东西。推辞不过，老子就在函谷关上，将自己一生所学所识、所见所闻写成了仅五千言却被千载传颂的锦绣文章《道德经》。老子写完《道德经》，就出关而去，从此，再也没有人知道他的踪迹。

他到哪里去了呢？有人说他住在了老君山，有人说他西行至昆仑山，还有记载说他远去波斯，但大部分文献说他不知所终。我想，他应该去了一个他认为理想的地方。正如他在《道德经》中所述：“小国寡民。使有什伯之器而不用；使民重死而不远徙；虽有舟舆，无所乘之；虽有甲兵，无所陈之。使民复结绳而用之。至治之极。甘其食，美其服，安其居，乐其俗，邻国相望，鸡犬之声相闻，民至老死不相往来。”

老子是道家代表人物，他提出清静无为的思想，对战国时期的纷乱时局起到了中和作用。《道德经》不但充满了智慧，更深深影响着中国2000多年的历史发展。直至今天，老子的思想仍渗透在我们生活中。《纽约时报》更将老子列为古今十大作家之首。

中国是一个具有数千年道教传统的国家，道家文化在中国传统文化中占有重要地位。道家思想对中华民族传统美德的形成具有重要影响，如老子的虚怀若谷、宽容谦逊、恬淡素朴、助人为乐、反对争名夺利、以柔克刚、以弱胜强等思想。正是由于这种道教文化的发扬，才形成了中华民族开阔的文化襟怀，使中华民族的古老文化能够经久不衰，越来越繁荣昌盛。

2700多年前，世界上几个古老的文明国家都呈现了极为灿烂的文化，一些杰出的学者和思想家纷纷产生。而我国东周末年、春秋战国之际，更是人才辈出、百家争鸣，其中以儒、道、墨、法四家影响最大，道家学派的创始人便是老子。而随之发展而来的道教，在现今社会仍有着举足轻重的地位。一部《道德经》，令多少中外学者痴迷，老子的“无为而治”等思想，也在西方倍受推崇。

天色接近傍晚，我们终于来到老君山下，因第二天还要早起上山，晚饭后我们早早回到宾馆。时值三伏天，若在城里，没有空调是难以入睡的。然而在这里，山风透过窗户进到屋内，只觉凉爽宜人。窗外的叶子在沙沙摇动，好像是大自然专为我们送来的清新悦耳的催眠曲。窗外，明月弯弯，洒下如水的银光；鸣禽低唱，为我们弹奏着夜的丝弦……我很快便进入梦乡。

翌日，鸟儿唤醒了我们。夏季的老君山，满眼的郁郁葱葱，小溪潺潺，凉风习习，无论城里的天气是如何的炎热，这里却十分凉爽。坐在缆车里，蓦然发现，索道的下方是一个天然的大峡谷，缆车像小型飞机一样迎山而上，无论仰视还是俯瞰，无论前后左右，树林茂密，郁郁苍苍，云飘雾绕，让人不得不赞叹大自然的神奇。索道虽然有坡度，可以说还是给人一种直上直下之感，徒步两三个小时的路程现在几分钟便可抵达，我不禁对人类征服自然的智慧心生佩服！

走进老君山，我会时不时产生一种幻觉，时不时看到一处“似曾相识”的景点。这里的云雾比庐山的烟雨更壮观，比黄山的云海更善变。动中有静，静中千变万化，这不正是老子“致虚守静”的境界吗？也许因为老子的缘故，我很快喜欢上了这个地方，和老君山的缘分仿佛在冥冥中早已注定。

下了中灵索道，沿着盘山公路行走约1里地，便来到了中天门；再由中天门拾级而上，登了300多级台阶，就看见了清玄寺。继续往上走，来到幽洞天籁。正值炎炎夏日，老君山却如深秋。站在山上，山风呼呼吹来，朝露如雨，一扫暑热，真是“人间七月正中伏，老君山里已深秋”啊！这里，清幽致雅，自然界的造化为人类的生活平添了许多亮丽的色彩，让人留恋。

导游说，上面的风景更美呢。我还不想挪动脚步，却无法婉拒导游的鼓动，只好乘观光索道来到山顶。站在山顶俯瞰远方，那些高高低低的山峰，好似漫步在苍山云海之间。遥望着栾川县城的那些楼房，它们偎依在老君山下，忠诚地守护着这片厚重的土地，不禁让人思绪飘摇。

可一踏上悬空栈道，又是另一番感觉。面临悬崖峭壁，脚下云雾翻腾，心便扑腾起来。慢慢挪动步子，唯恐落入那不测之地，顿时想起李白的《蜀道难》：“噫吁嚱，危乎高哉！蜀道之难，难于上青天！”又想起“危楼高百尺，手可摘星辰。不敢高声语，恐惊天上人”，此情此景，“与我心有戚戚焉”。栈道下面，石林座座，真可谓群峰竞秀。

老君山群峰俊秀，苍松劲树，四季常青，鸟语百啭；山风一起，松涛汹涌，啸声阵阵，不绝于耳。云的变幻、林的多姿、水的清澈，以及周边环境共同形成的整个景观，宛如一部立体交响乐，演绎着山的激情、水的迤逦和古朴静谧的神韵。当你走进老君山，仔细去看，认真去听，努力去品味时，你会感觉到大自然跳动的脉搏、巍巍群山连绵起伏的呼唤。你会感受到，这里阴阳互补、刚柔相济、动静相间、万物和谐，山水间充分体现自然辩证法的对立统一，充满着无限生机和活力，给人以无尽的遐想。

漫步老君山，仿佛置身于天然画廊。举目四望，数不尽的浓妆艳抹，看不完的诗情画意。徜徉密林，身心舒适而愉悦，精神旷然而豁达，凡尘的困扰，生活的忧思，此刻全都忘却。目光所及，那一山一石，一草一木，仿佛都有了灵性。它们有一种无法言说的引力，将你带入山的怀抱，进而成为大自然的一部分，让所有爱恨与幽怨都化解在青山绿水之间，让所有的烦躁和不安消融在大自然的纯真之中。

山水之妙，在乎个人感受，登老君山，重峦叠嶂中是数不尽的风云岁月，在云起云落间涤荡着人的心灵。那山的优雅，古庙的凝重，让老君山更具有仙风道骨，更体现出道法自然的深意。

沿着栈道往前走，直走马鬃岭，到达伏牛山主峰，顿觉激情澎湃，神情飞扬。世界的博大，宇宙的无限，让人瞬间体会到得失的细微，融入的虚无，许多解不开的心结悄然化解，荡然无存。仰视俯察，远眺近观，快意非常。不知不觉间，你会感觉到，灵山秀水所体现的正是一种大方无隅、大音希声的“道”。无声无息的山水，是自然造化的美景，只要你用心慢慢体会就能感觉到，这里有一种撼天动地的心灵呵护和恒久不变的深切关爱，这也许就是人类几千年来对灵山秀水情有独钟的原因吧！站在这里，作家李准激情满怀赞曰：“秀压五岳，奇冠三山。”

山下的老子文化苑，高达 38 米的老子铜像巍然耸立，老子面容慈祥肃穆，右手拿着竹简，左手伸出食指指向天空，好像在向人们讲述着他的《道德经》。山因高大而厚重，因文化而流传。作为道教圣地、老子归隐地的老君山，山的高大厚重不是正好象征老子思想的博大精深吗！

老君山，一座诗意的山，一座被智者的光芒照亮的山。

第三辑　仰望星空

呼唤正能量

每个人的身上都是带有能量的，积极乐观、健康向上的人带有正能量，和这样的人交往，他能将正能量传递给你，让你觉得人生充满了快乐和幸福。人就像“飞蛾趋火”，喜欢光明和快乐，和充满正能量的人在一起，即使是遇到了不开心的事，你也会把它当成生命中的一个小插曲，很快把它化解掉，而绝不怨天尤人。

前些日子，我们曾被一些草根生命的美好温暖着、感动着。由于发生在网络时代，这些“最美”的名字，最美的镜头，瞬间被无数次转发、无数次传播，这些平凡的普通人，用大爱和善举温暖着我们的心！

29 岁的“最美女教师”张丽莉，在大客车撞来时推开学生，自己却被轧断了双腿。“最美司机”吴斌，在灾难来临时，以近乎本能的举动挽救了一车乘客，他在生命的终点留下的一段感人视频，被无数次转发，感动了整座城市和整个社会。

每一个善良而正直的人，心中都渴望着我们这个社会少点冷漠多点温暖，少点戒备多点相助，然而这个世界并不总是那么美好，人性也并不总是那么高尚。我们曾被坏消息包围，不相信美好，也不愿意践行美好。哲学家梁漱溟追问：“这个世界还会好吗？”这振聋发聩的声音，让多少有爱心有责任心的人反思！

曾经，社会上流传着一股所谓的“助人风险论”，鼓吹助人有风险，这种思想毒素一定程度上败坏了社会风气，污染了社会心态。尽管社会遭遇了诚信危机，但国人心中的善念从来就没有泯灭过。社会呼唤正能量，当正能量源越来越多，它们聚集后所释放出的正能量也就越多。这些“最美”，如前述女教师张丽莉等一大批感动中国的群体，无不具有打动人心的力量，无不散发出人性的光芒，足以照亮人们的心灵。他们所展示的“最美”，让我们看到了我们生活的时代里有善的因子、有爱的种子广布民间。在报道张丽莉的电视节目中有这样一幕：当护士拉开窗帘，阳光照进张丽莉的病房，她轻声感叹，“活着真好！”在张丽莉的身上，我们也看到了同样的阳光，那是人性散发出来的美丽光芒，她感动着每一个心存善念的人。面对张老师的高尚行为，我们都应对惯常思维有所反省：人性中美好的一面并未沉沦，之所以把社会看得漆黑，可能是因为你观察的视角有偏差。如果你总是以悲观失落的心情面向世界，世界返还给你的可能就是更多的烦恼和忧虑；如果你以热情积极的态度看待社会，社会返还给你的可能就是越来越美好幸福的生活心境。

孔子说，礼失而求诸野。中华民族的礼义廉耻，原本植根于最质朴最底层的民间。易中天先生也说，与其空谈信仰，不如坚守道德底线，其标准之一，就是恻隐之心，而恻隐之心的实质，就是善良。这种人性的善良，“就是全人类都能输的O型血”，能够拯救道德的沦丧，能够温暖世道的寒凉。无论是英雄挺身而出的义举，还是民众爱心涌动的景象，这一切的一切，都让我们相信，只要社会中的“正能量”充足，就一定会形成道德与爱的强大气场。而人性的美好和善良，也一定能给这个世界带来无尽的力量和希望。

社会需要正能量，时代呼唤正能量。对善行、爱心的感动，存在于每个人的心中，但很多人缺乏的不是感动，而是一种显示感动的勇气，一种传递感动的行动。其实，传递感动就是传递“正能量”。“正能量”是春风，可以温暖生活的每一寸空间；是火炬，可以照亮社会的每一个角落。央视主持人张泉灵在微博中说：“总希望自己是这温暖链条上的一分子，让善的传递不在我身上断掉。”相信这也是每个有爱心的人发出的共同心声。谁都希望自己能成为温暖链条上的一分子，不掉链子，让爱心接力没有止境。

中国从来就不乏舍生取义的英雄，不乏古道热肠的芳邻，民间依然蕴藏着义行善举的浩荡热情，只需给大家一个可以信赖的引导，这份爱与善的正能量就会喷薄而出。

让我们行动起来，共同呼唤正能量，共同传递正能量！让我们用正能量去驱散人生的迷雾和阴霾，用正能量润滑每一个锈蚀的齿轮，不但让自己走向“最美”，也共同净化和改善我们周围的环境！

用感恩的心触摸幸福

感恩，是生活中的大智慧。当你用一种欣赏的眼光去看待周围的一切时，你就会发现，值得我们感恩的事有很多。怀着一颗感恩的心与人相处，你会发现生活中并不缺少美好，这个世界原本有太多的温情和感动。

当我们用一颗感恩的心来看待这个世界的时候，就会感到这个世界的可爱。如果我们每个人都能心怀感恩地面对生活，那么即使处于最困厄的环境里，也能看到沙漠中的绿洲。

人生如同一片树叶，有阴面也有阳面，翻过来看时，面对的就是一个光辉灿烂的世界。有位作家去美国访问时，见到一个卖花的老太太。这个老太太穿得非常破旧，身体看上去也很虚弱，面对每一个买花的顾客时，她脸上总是带着祥和的微笑。这位作家也去挑了一朵花，他对老太太说："你看起来很高兴。"老太太微笑着说："为什么不呢？一切都是如此美好！""可是你的生活看起来并不富裕？"作家随口说道。

老太太的回答令作家大吃一惊，她说："耶稣在星期五被钉在十字架上时，是全世界最糟糕的一天，可三天后就是复活节。所以，当我遇到烦恼和不幸时，就会等待三天。三天后，一切都会恢复正常的。”

等待三天，这是多么乐观而又充满哲理的生活方式。如果我们每个人都能乐观地面对烦恼和痛苦，那么，明天就一定会雨过天晴，彩霞满天！心存感恩之心的人，从不会觉得世界欠了自己什么，而是为无以回报这个世界的慷慨馈赠而心存不安。

大凡有成就的人，都曾跋涉过艰辛异常的坎坷之路，承受过常人难以想象的痛苦。人生之路，本不是一条坦途，上帝在为你关上一扇门的时候，一定也会为你开启一扇窗。曾有人充满悲悯地向在轮椅上生活了30多年的科学巨匠霍金发问：“霍金先生，卢迦雷氏症已将你永远固定在轮椅上了，你不认为命运让你失去了太多吗？”霍金先生带着恬静的微笑，用还能活动的手指艰难地叩击着键盘，写道：“我的手指还能活动，我的大脑还能思维，我有终生追求的理想，有我爱的和爱我的亲人和朋友，对了，我还有一颗感恩的心……”

生活给予霍金的苦难太多太多，但他乐观顽强地与生活做斗争，而支撑着他去努力开拓自己人生道路的，就是爱和感恩。

宽容是一种境界

宽容是一种美德和智慧，一种人格的升华；宽容是一种修养，一种博大的情怀；宽容，也是一种积极的生活态度和高尚的道德观念。

海纳百川，有容乃大。人与人相处，不可能尽如人意。歌德说："人不能孤立地生活。"良好的人际关系不仅能给人带来快乐，还能帮助人走向成功，而宽容的品质则是建立良好人际关系的基石。在相互宽容谅解中求得共同的发展和进步，是一种良好的愿望。一个人只有具备宽容的品质，才会懂得理解和尊重他人，才会有爱人之心和容人之量，才会识大体、顾大局。孔子说："君子坦荡荡，小人长戚戚。"君子的风范就是一种宽容和包容的情怀，就是能理智地退却、大度地谦让。天空收容了每一片云彩，不论其美丑，故天空广阔无比；高山收容了每一块岩石，不论其大小，故高山雄伟壮观；大海收容了每一条溪流，不论其长短，故大海浩瀚无涯；黑夜收容了每一点亮光，不论其明暗，故黑夜里的星星闪烁而美丽动人。

竞争激烈的现代社会，充斥着钩心斗角，尔虞我诈。在这种情况之下，彰显自己并且依托别人便成为立足社会的大智慧。读过《廉颇蔺相如列传》的人都知道，在武将廉颇的眼里，一个只会说几句好话的文臣蔺相如怎么能职位比他高，于是处处与之作对，还出言不逊。蔺相如不但没有跟他计较，而且道出了“先国后己”的君子之言。这话着实令廉颇汗颜，于是就有了“负荆请罪”的成语佳话，有了将相和的美名嘉誉。从此文臣武将辅佐君主，繁荣国家。蔺相如的坚忍、包容令人钦佩，也正是因此，他与廉颇都受到了人们世代的褒扬和尊崇，这不能不说是一种双赢的智慧。

宽容是一种胸襟，一种气度，一种眼光。宽容也是人与人之间交往的基石。它给人们留下了广阔的空间，使彼此之间能融洽相处。宽容需要一定的自制力，一个心胸狭窄的人是很难宽容别人的，当然也难以得到别人的宽容。学会了宽容，即使是在凄风苦雨的日子，碰到了苦难和挫折，也依然闲看庭前花开花落，漫随天外云卷云舒。带一份平和、一份智慧，彰显自己的长处，承托别人的短处，在激烈竞争中，就可尽显人生的大智慧。

宽容是一种调和剂，它可以清除隔阂，减少误会，化解矛盾；宽容是润滑剂，能调节关系，减少摩擦，避免碰撞；宽容是清心剂，会令人感到舒适，感到温馨，感到自信，感到世界的美好。地洼下，水流之；人宽容，德归之。“有容乃大”是最珍贵的人性品格，是成功者必须铸就的一种人生。“世界上最宽阔的是海洋，比海洋更宽阔的是天空，比天空更宽阔的是人的胸怀。”这是文学大师雨果曾说过的话。古代圣贤也十分推崇宽恕。老子认为，人的心胸应该如水一样能容人。我们每个人都喜欢和有度量的人交往，因为这样的人往往有气魄、有胸襟、有涵养，能淡然面对不平，忍常人所难忍。

我在微信上曾看到一个故事：有一个动不动就心怀怨恨的人，觉得生活很沉重，便去见哲人，寻找解脱之法。哲人给他一个篓子背上，指着一条沙砾路说：“你每走一步就捡一块石头放进去，看看有什么感觉。”那人照着哲人的话走到了头。哲人问：“有什么感觉？”那人说：“越来越沉重。”哲人说：“这也就是你为什么感觉生活越来越累的道理。”当我们来到这个世界上时，每人都背着一个空篓子，有的人每走一步，都要从这世界上捡一样东西放进去，所以才会越走越累。如果你想过得轻松些，就要学会舍弃一些不必要的负担。而仇恨是你最大的负担，要想快乐，你必须学会忘记仇恨。

曾国藩在长沙读书时，有一位同学性格急躁又好逞强。有一天，他看到曾国藩把书桌放在窗前，就说：“你把光线给挡住了，我读书都看不清字了。你快挪开！”曾国藩便把书桌移开了。晚上，曾国藩掌灯用功读书，那人又说：“平常不念书，半夜三更的却点灯念书，还让不让人睡觉了？”曾国藩便不出声地默诵。不久，曾国藩中了举人，传报到时，那人大怒道：“这屋子的风水本来是我的，反叫你夺去了。本来该我中举人才是。”在旁的同学听了都觉得气愤，就问他：“书案的位置不是你自己放的吗？怎么能怪曾国藩呢？”那个人却振振有词：“正因为如此，才夺了我的风水。”同学们都觉得那人实在不可理喻，替曾国藩打抱不平。但是，曾国藩却和颜悦色，毫不在意，劝息同学，安慰同室。他包容的胸襟和涵养平息了同学之间的纷争。如果曾国藩不懂得宽恕，而去和那个同学争论不休，势必会给自己增添很多麻烦，也使自己郁郁不快。但曾国藩很明智，知道如何不给自己添负担。难怪曾国藩后来在清朝能大有作为。

“曾经沧海难为水，除却巫山不是云。”一个人境界高了，立足点就会提高，眼界也会相应开阔，此时，就会对一些“身外之物”拿得起放得下。有了这等胸襟，相信没有什么人际矛盾不能化解。宽恕是一种智慧和境界的体现，多一点对别人的宽容，也就多了一点快乐的空间。

舍得的智慧

这个世界充满了诱惑，而属于自己的只是沧海一粟，因此重要的是要学会取舍，以一个纯美的灵魂对待人生。

在人生的每个路口，我们都会面临不同的选择，如何从“舍”与“得”的选择尺度中把握人生的这把钥匙，开启成功的大门，其中不乏深奥的哲理。

许多人因为不懂得舍弃，烦恼和痛苦便接踵而来。面对纷繁复杂的世界和物欲横流的社会，懂得舍弃的人，其生命会展现出截然不同的景致。不懂得放弃的人，只会被现实碰得焦头烂额，不但难以达到目标，还会陷于得失的苦恼之中。

记得电影《卧虎藏龙》里有一句很经典的话：“当你紧握双手，里面什么也没有，当你打开双手，世界就在你的手中。”其实，很多时候我们应该懂得舍弃，生活中鱼和熊掌兼得的事情简直就是“神话”，少之又少，有时学会适时放弃无疑是一种大智慧。

伊索说过：“许多人想要得到更多的东西，却把现在拥有的也失去了。”这可以说是对得不偿失最好的诠释了。人生中太多的沮丧都是因为得不到想要的东西。俗语说“欲壑难填”，人在欲望得到满足的同时，往往会迷失自己，甚至会产生错觉，认为财富和地位就代表了一切。

人生本来就是一次背负行囊远行的过程，这就需要你在一个个驿站停留，卸去人生的旧行装，而后轻装向前。然而很多人却忽略了这一点，总是为名所累，为钱所困，为情所伤，为失意而哀叹，使自己背负的越来越重，步履越走越艰难。生命之舟需要轻载，太多的行李不仅使我们筋疲力尽，而且也会使生命之舟不堪重负。

写到这里，我想起一则故事：很久以前，有一对亲兄弟在外面发了大财，带了许多金银珠宝返乡。途中，他们遭到一群盗寇的追杀，哥俩在逃跑中被一条河挡住去路，只有游过河去才能保住钱财和性命。望着湍急的河流，老大说：“水流太急，游到水中时，若觉得力不从心，就舍弃一些金银珠宝，保住性命才是最重要的！”老二很肯定地点了点头。此时，盗寇已追踪而至，哥俩急忙跳入河中。没多久，老二就觉得吃力，于是把背上的金银珠宝扔掉一半，游到河中央时，他已经体力不支，索性扔掉了全部包袱。当老二终于筋疲力尽地上了岸，回头一看，老大还在离岸很远的水中挣扎。见此，老二对哥哥扯着嗓子大喊：“快把财宝扔掉，保命要紧！”老大虽然听到了喊声，但最终也没解开背上的包袱，他已经无力挣扎，沉入了水底。

患得患失是人生的精神枷锁，是附着在人身上的阴影，它会挡住我们本该拥有的明媚阳光。托尔斯泰说过：“欲望越小，人生就越幸福。”人生最大的苦恼，不在于自己拥有的太少，而在于向往的太多。面对有太多诱惑的这个世界，我们只能暂时地拥有自己，正所谓“寄蜉蝣于天地，渺沧海之一粟”。在须臾一生中，重要的是要学会取舍，学会适时地放弃。向往本身不是坏事，但向往的太多，同时又超出了自己的能力范围时，随之而来的就会是失望和痛苦。人在不懈追求美好的过程中，应当合理地节制欲望，这样才不会徒增烦恼和压力，才能轻松享受生活，享受幸福快乐的人生。

不久前，听过这样一件小事：在飞驰的列车上，一位老人不慎将价格十分昂贵的一只新鞋从窗口掉落下去，周围的旅客正为之惋惜时，老人毅然将剩下的一只鞋子也抛出窗外。此举令人们大惑不解，老人却从容一笑："鞋无论多么昂贵，剩下一只对我来说也没有什么意义了。把它扔下去，或许可以让拾到的人得到一双新鞋，说不定他还能穿呢！"人们总是飘飘然于拥有的喜悦，而耿耿于失去的悲伤，而老人却能保持达观之态，令人顿生敬意。与其抱残守缺，不如爽快舍去，在给别人带来幸福的同时，自己也从中收获了欢乐。

人生就像一只皮箱，需要用的时候提起，不用的时候放下。"当鸟翼系上黄金时，就飞不远了。"学会舍弃，才能轻装上阵。

人生漫漫，不可能事事一帆风顺，若能从容地面对失去，可能会有意外获得呢。众所周知的"塞翁失马，焉知非福"，便是很好的例证。战国时期有一位老人叫塞翁，他养了很多马。一天，其中的一匹马丢失了，他笑着说"马丢了，也许是好事"，邻居们大惑不解。可是没过几天，丢失的马不仅回来了，还带回了一匹骏马。邻居们就向他道喜，可他没有流露出一点儿高兴的样子。他忧虑地说："白白得了一匹好马，不一定是什么福气，也许会惹出什么麻烦来。"邻居们不以为然，以为他故作姿态。塞翁有个独生子，非常喜欢骑马，他发现带回来的那匹马顾盼生姿、剽悍神骏，便每天都骑马出游。一天他策马飞奔时，一不小心从马背上跌落了下来，把腿摔断了。邻居们听说后，纷纷登门慰问，塞翁却说："没什么，腿摔断了却保住了性命，或许是福气呢？"不久，匈奴兵大举入侵，青年人被迫强征入伍，唯独塞翁的儿子因为残疾逃过了当兵的噩运。后来，入伍的青年都战死了，而塞翁的儿子却保住了性命，和家人开开心心生活在一起。由此可以看出，得与失本是一对孪生姐妹，如影随形。“失”对每一个人来说，都是一个痛苦的过程，因为它毕竟意味着不再拥有。能够把握得与失，转化得与失的艺术，对人们来说至关重要。

走路时，不舍去跨过的一步，便无法迈出向前的一步；写作时，不舍去冗长的赘语，便无法成为精简的美文；庭园里的花草树木，如果不剪去枯枝败叶，就无法长出嫩绿的新芽。如果你能把自己心中的偏执、烦恼、悲伤和骄妄全部舍去，回归自在，你就能抵达一个新的境界，“闲看花开花落，静观云卷云舒”。

舍弃是一种智慧，也是一种境界。柳永舍弃了功名，却有了“杨柳岸晓风残月”的千古绝唱；陶渊明舍弃了官场的浮华，却有了“采菊东篱下，悠然见南山”的闲适。有时候，舍弃的是一杯水，得到的却是一片海。

当然，舍与得并不是各自分离的，舍并不是一味地放弃，得也不意味着占有，而是一种境界的转化与更高修行的提升。把握好舍与得是一种圆满的心境，更是一种无上的智慧。

人生因梦想而精彩

“梦想”承载着人们的希望，虽然它看不见摸不着，却能在人们心中产生巨大的力量！“中国梦”，承载着实现中华民族伟大复兴的远大理想，契合了当今人们的心愿，让人振奋，令人鼓舞，催人奋进！

中国，是一个有着悠久历史的国家。千百年来，她经历了风霜雨雪，经历了沧海桑田。如今，她以更加崭新的姿态迎接国人渴盼的目光，以更加强大的内质迎接世界的挑战。“梦想”，是建立在实现生活基础之上对更高境界的一种追求。当年列强欺凌，民不聊生，多少仁人志士抛头颅、洒热血，救民于水火，那是时势下的救国济民之梦。而今，国家兴盛，国力增强，人民富裕，我们又有了更高的思想境界和追求，有了一个推动社会发展的中华民族伟大复兴之梦——中国梦。

梦想，是人飞翔的翅膀，梦想，是最温暖的光芒，即使在阴雨的黑夜，梦想也能把前方照亮。其实，每个人都有梦想，只是每个人的目标不同，因而设定的梦想也不同。因为，梦永远走在现实的前面，永远是人们内心深处最强烈的渴望，是挥之不去的感觉和潜意识，也是人们走向成功的原动力。

每个人都有梦想和追求，因此梦想没有国界与地域的差别。中国梦，是中华民族的伟大复兴之梦，是中华民族最伟大的梦想，它蕴含着我们中华儿女的共同期盼。有了梦想，就有了前进的动力；有了梦想，就有了春的播种、秋的收获。然而，在实现梦想的过程中，可能会遇到各种各样的挫折和困扰，甚至经历惊涛骇浪。信念坚定的人会百折不挠，不会因梦想遥不可及而失去信心或停下追逐的脚步，因为他们知道，只要持之以恒，铁棒就一定会磨成针。而信念不够坚定的人，则会消极颓废、不思进取。有了梦想而不去打开梦想之锁，或做些不切合实际的幻想，那么，再好的梦想，迟早也会破灭。

有梦想，谁都了不起，有勇气，就会有奇迹。让我们怀揣梦想，立足现实，从我做起，从现在做起，让梦想照亮现实，让人生因有梦想而绚丽。

痴于静寂

八小时以外，人总会有点爱好的，或跳舞娱乐，或潜心阅读，而我却独钟情于静寂。

回首逝波，我有不少时间是在小小的书斋中度过的。下班，完成手头的活计，然后独自坐在桌前，梳理一下纷乱的思绪，制造一种宁静的心理环境，舒适地枕着椅子的靠背，便达到一种释然的境界。这时，我随时可从堆积如山的书里与古今中外的贤哲圣人促膝交谈，便淡却许多红尘俗事；有时伏案写作，兴尽而止；许多的时候，我手持书卷，凝眸窗外，漫不经心地欣赏着天际飘浮的彩云。夕阳温柔的光洒落在我的身上，那种从内心深处油然而生的愉悦是不可言传的。

静寂是一种境界，它像莫奈的风景、齐白石的水墨一样富有韵味，令人陶醉。静寂可以不分场所，不一定小桥流水，不一定碧空飞云，陶潜的"结庐在人境，而无车马喧……"算得上一种超然的静寂了。

当认识了托尔斯泰、果戈理、巴尔扎克、普希金，并不分昼夜地向他们请教时，心便更加趋于静寂了。宁静致远，我不住地抵挡着外界喧器的诱惑，不断地反思着自己，并从中得到了生命的熬炼、灵魂的升华、心灵的熏陶。

当然，我也在某种程度上获得了曾追逐的喧闹与名利，但之后，反倒产生了厌倦之感。有时，为之付出了心血的作品见诸报端，也会有瞬间的满足和喜悦，但这感觉转瞬便像一缕风，轻轻地去了……我喜欢独自固守我的一方天地，在一种宁静的心境中阅读，看冬日的阳光在迷蒙的晨雾中缓缓展开；我喜欢站在多风的阳台上，那黄色的米兰，会让我嗅得一鼻馥郁的香气；我喜欢静静地欣赏夕阳下沉，期待中，柔和的晚星一一就位。每每这时，我便会觉得少有的轻松，且一次次地在心中发出感叹：大自然原本如此和谐诱人！

静寂不同于孤独，它是在一种清静中，寻求一方净土，选择一种角度，然后去积极地面对人生。有人唯恐静寂会产生失落，其实，这是一种错觉。大地静寂时，太阳何曾远离它一步，禾苗静寂时，正孕育着成熟，而创作、思考更应耐得住清静与寂寞……在静静地思考中，便觉得离世俗远了些，思想仿佛也成熟了些，而视野必将更加趋于开阔……

静寂，我的浮生伴侣！

心静如水

人之所以能够以水为鉴，照见自己的本来面目，看到身后的树林和天空，就因为微风不动，水波不兴，那池塘和小河的水是静止的。它给予我们文学上、哲学上更深刻和更有意义的联想与启示。

心静如水，作为一种境界，实在有着很深切的寓意。尤其是在浮躁的今天，要放弃名利尘俗，路途是多么遥远，稍不留意，诱惑和欲望就那么轻易地绊倒了我们，让我们蹲下来唏嘘不已地抚摸伤痛，失去前行的勇气。

有许多诱惑我们不能抵挡，有许多名利我们不能放弃，在纷纭杂芜的现实生活中，你往往身不由己，被熙熙攘攘的热闹与缤纷迷乱的繁华所困惑、所左右，甚至放弃自我，失去自己固守的那片领地，让生命在虚荣的追求中流逝，使人生在流金岁月中黯然。

而对纷繁的世俗，能不惑不乱、执着如一，能宠辱不惊、泰然处之，便达到了一种至高的境界。在静谧中，保持一种心静如水的心态，思绪便会张开灵动的翅膀，看天上云卷云舒，幻化出许多美丽的图像。

对外界的喧嚣，不能平静面对，就把自己流放了。

对外界的诱惑，不能坦然处之，就把自己丧失了。

只有心静如水，才能“风物长宜放眼量”；只有心静如水，才能在春风得意时，不目空一切，在窘迫失意时，不凄然神伤；只有心静如水，方能淡泊名利，静观人生。

其实，心静如水的本身，也潜藏着一触即发的动感。由此我想到苏轼的诗句“铿然一叶”，在万籁俱寂的秋夜里，一片树叶落下的声音听起来也是那样的清晰。

做到心静如水，就能不被诱惑所俘，不被困惑所迷，就能减去许多浮躁，就能多些真诚纯朴；只有心静如水，才能固守我们高尚的人格，完善我们美好的追求，不因冲击干扰而旁顾，不为艰难挫折而气馁。

旷逸的精神境界，博大无穷，广阔无穷。心静如水，便听得见时间在静寂中流动的声音，那么持久，那么稳重。在无限的静中，你仿佛能参悟到什么。

如果做不到心静如水，那些作家和艺术家恐怕也很难成为大家。因为心静至少适于构思，不论是在深夜市声消歇后独坐斗室的鲁迅，抑或是在清华园里深夜踯躅，只有树上的蝉声和水里蛙鸣陪伴的朱自清，甚或是精神抑郁跳荡不安到极端的画家梵·高，在描绘正午太阳耀眼炫目的辉煌色彩时，他也要沉入静寂的氛围中，然后才有那恒久的阳光被燃烧的笔调。

现代人最大的不幸，是面对世俗的诱惑已经到了随波逐流身不由己的可悲境地。面对物欲横流的世界，能处事不惊，不随俗浮沉，用平常心面对一切，是何等的不易和艰难！这需要不断提高自身的修养和素质，不断强化自身的忧患和节律意识。宁静致远，淡泊明志，珍惜人生，完善自我，守应守之道，做该做之事。只有这样，才能达到心静如水，才能一步一步走向理想的彼岸。

女儿与燕子

我自幼在农村长大，因此年年有缘与燕子结邻，年年都曾目睹燕子衔泥筑巢的风采。那时，在我家大门的过道里，成群结队的燕子呢喃着，她们“时游于户，时亲于人”，而我们则在燕子的嬉戏声中做作业或是做游戏，那种燕子与人和谐相处的情景，我至今记忆犹新。

也许受我的影响，女儿从小喜爱燕子。上幼儿园时，她最爱唱的歌就是“小燕子，穿花衣……”，还登台表演过“小燕子”的舞蹈呢！但女儿对燕子的记忆实在单薄。这也难怪，她从小生长在城市里，那一幢幢鳞次栉比的高楼大厦不仅改变了人们的生活环境，也改变了燕子的生存环境。在城市里，别说与燕子朝夕相处，就是燕子的踪影也绝非轻易寻觅得到。

命中注定，女儿与燕子有一段难解的缘分。

那是去年金秋时节，学校布置了一篇《在希望的田野上》的作文。为培养女儿的观察分析能力，我带着她来到郊外，想让她感觉一下田野繁忙的景象和农民喜悦的心情。正当女儿仔细观察、认真感受她所看到的一切时，一只小燕子落在离我们不远的地方。女儿一边惊呼“燕子、燕子”，一边奔向前去。

燕子“唧唧”地叫着，用力拍打着失衡的翅膀，但怎么也飞不起来。我断定这只燕子已经失去了飞翔的能力。等我们走近才发现，它左侧的翅膀已经受伤，并隐隐渗透着暗红色的血。它孤立而静美地卧在地上，用悲伤、失望、疑惑的眼神注视着我们。那哀怨忧伤的神情令人怦然心动！女儿催我快去帮助这只燕子，可当我伸手去捉它时，这只燕子却不安地用黑色的羽毛裹紧瘦小的身躯，可怜地蹲在那里，那绿豆般的眼睛里闪烁着晶莹的光。

我用手轻轻将它捧起，它显得有些不情愿，但又实在无力从我手中飞走。它柔弱而轻盈，透过它那光滑柔软的羽毛，我真切地感到它温热的体温。我小心地拨开它的羽毛，看到伤口处仍在渗血。在荒郊野外，实在无法找到可以替它包扎伤口的东西。女儿也非常着急，我们只得将燕子带回家去。

回到家里，女儿拿出酒精和纱布，让我快些给燕子包扎。女儿天生怕血，此时却表现出超乎寻常的勇敢。她轻轻拢起燕子的羽毛，然后小心翼翼地用酒精为燕子消毒。由于燕子不积极配合，我和女儿忙活了半天，才为它包扎好伤口，女儿又给燕子找来了食物和水。

燕子也许被我们的真诚打动，站在那里，没有立即去啄食，而是用那充满感激和疑惑的眼神看着我们……

日复一日，经过我和女儿精心的护理和饲养，燕子的伤终于痊愈了。看着女儿每天忙碌的样子，我真为她拥有一颗善良、怜悯的心而高兴。

“羁鸟恋旧林，池鱼思故渊。”在这个优裕的环境里，燕子依然显得异常急躁，只要女儿一打开阳台的门，它便“唧唧喳喳”地叫着，不安分地飞来飞去，丝毫没有与女儿亲近的意思。对此，女儿疑惑不解。她不知道这叫声是对她表示感谢，还是表示抗议。为不使女儿幼小的心灵受到伤害，我对女儿说：“秋天了，燕子要到南方去过冬，如果错过了机会，将会在寒冷中死去的。你看它着急的样子，一定是想尽快找到自己的爸爸妈妈，然后一块儿回南方呢。”

女儿问：“燕子也有爸爸妈妈？”

“当然有了。”

“那它一定十分想念他们吧？”

我肯定地点了点头。

女儿终于答应将这只燕子放飞了。因为这只燕子本来就属于天空，属于大自然。

女儿用两只小手轻轻地将燕子抱在胸前，爱怜地抚摸着它的羽毛，站在小凳子上，深情地说：“小燕子，快去寻找你的爸爸妈妈吧！”说完，举起那双小手，将燕子送入天空。燕子深情地围着阳台盘旋了几圈后，恋恋不舍地向远方飞去。我和女儿一直目送着它在空中消失。

其实，每一种存在物，一朵花、一棵草、一只小鸟，甚至一只蚂蚁，其生命都有着不可替代的价值，都有着存在的意义。为了人类有个更加美好的生存空间，让我们善待生命，善待这一切吧！

自来自去梁上燕，似曾相识燕归来。我和女儿都期待着与那只燕子来年再相会。

仰望星空

夜阑人静，不经意推开窗户，总能看到满天闪烁的繁星装点的夜空。我常常一个人对着夜空思忖，萌生出对星空的好奇和思索。

夜空空旷到了极致，偶然一颗流星坠落，留下一段让人无法理解的凄美。这是生命的色彩画出的无可奈何的瑰丽吗?

面对这深邃奥妙而又苍茫的星空，我的思绪被引领到无思、无言之境。我甚至不敢正视星空，因为每一次的正视都会使我对人生提出许多质疑。

仰望星空，我看见一个广袤的空间，一个无际无涯的空间。我不知这浩渺的宇宙中究竟有多少星辰，那世世代代笼罩在头顶的星空，那启动人心智和灵思、灌注人情怀的星空，究竟由多少亿颗恒星汇成。而小小地球只是这其中的一滴水，人类至多不过是一层尘埃而已。

世上的一切，没有比天更雄浑更辽阔更久远的了。迄今为止，人类还只能生活在一颗小小地球之上，要想揭示出天体的起源和演化的秘密，扩大视野，只能靠观测，靠不断改进观测手段。而相对宇宙，人类实在太渺小了。人跑得再远，也只是“天各一方”，即使到了“天涯海角”，也照样跑不出这个小小地球，跑不出命运给你设置的那道低矮、稀疏的篱笆。但，苍天可以包容一切。

面对无限的星空，我既充满无限的感激，又感到惶惑与不安，我仿佛听到法国哲人帕斯卡尔的那声发自心灵的感叹：“无限空间的永恒沉默使我恐惧！”是啊，如此浩瀚的宇宙却不说一句话，让人类去崇拜，让人类去审思，真是大音希声、大象无形，或许宇宙真的就是一声旷古的浩叹？

时光之河裹着人类的种种困惑奔腾向前，有时真希望它能停留在某一个美好纯净的生命时段里。但这不过是一种痴想而已！

日光无私、月光无私、星光无私，一切天光都是大慈大悲的恩赐，浩渺宇宙从未有始、从未有终、从未有际、从未有涯，面对星空，世间的一切都显得微不足道，人类的一切狂妄、欺诈、贪婪，显得多么可笑、愚昧。任何一个有正常心智的人的灵魂都会得到净化，都会变得高远、澄明起来。

在星空的笼罩下，俯仰万物、反观自身，我们就会多一些理解，多一些宽容，就会生活得更加自在而充实。

倾听悲怆

认识柴可夫斯基是通过他的传记《我的音乐生活》一书，但认真地倾听他的《悲怆交响曲》却是在不久前的一天。

我不知道别人在听了这支交响曲后有什么感受，而我是真的被震撼了，我被一种悲天悯地的痛苦所笼罩，那无法排遣的悲伤直入我的脊骨，并留下了刻骨铭心的记忆。难怪丰子恺在听了《悲怆交响曲》之后说："他的音乐的底流，全是深刻的悲哀。"

阳光对每一个人来说都是一样的，可是人们的感受却不相同。在柴可夫斯基看来，现实距离理想太遥远了！他是一个忧国忧民的知识分子，他痛恨人世间的不平等，厌恶卑劣的人生，对当时俄国社会的种种现象感到失望。广袤的俄罗斯大地哺育了这位音乐家，同时也把悲剧性的民族精神刻在了他的心上。

正如文学作品会流露出作者的主观想法，乐曲也是音乐家对音律的感悟，是他们人生的最好诠释。

柴可夫斯基创作的《悲怆交响曲》，一方面是对世界的悲哀的感受，不时受到“强烈的、无法形容的惆怅之情的侵袭”；一方面又因为感到无比快乐，觉得一生中“从来也不曾感到这样满意，这样骄傲和幸福！”而在这种心境中孕育出的悲怆，既是他最悲哀的乐曲，又是他最优秀的作品。曲中渗透着忧伤绝望，也充满了对理想境界的热烈向往。

柴可夫斯基的一生并不幸福。他生性胆怯而敏感，不善交友，年轻时当教师，生活清贫，只好寄宿在大音乐家尼古拉·鲁宾斯家，连大衣都是借人家的。他一生没有真正热烈地恋爱过，其婚姻是平庸而神秘的。比他年长的“富孀”梅克夫人曾让他真正动情，却又始终只是他精神上的恋人。柴可夫斯基晚年的生活是孤寂和沉郁的，《悲怆交响曲》完成后，他告诉他侄儿达维多夫，这是他的安魂曲。这话不幸言中，就在《第六交响曲》首演后不久，柴可夫斯基去世了，这部被他称为“把整个身心都融进去了”的经典，也成了他的登峰造极之作。

悲怆，是柴可夫斯基一生的主题，他留给这个世界的，是他用一生的奋斗所证明的，一种饱含着痛苦的爱。音乐（包括其他文艺作品）往往与作者本身的精神特征相符。像莫扎特这样充满与生俱来的灵气的天才，能够藏起自己的不幸，献给人们永恒的阳光，他的音乐之中敏捷和轻快尤显出色；而贝多芬用痛苦换来欢乐，体现在“命运”“英雄”中的则是一种坚强的和驾驭音乐的力量；由此推及柴可夫斯基那充满忧伤的作品，就可以理解了。坎坷曲折、孤独痛苦，不平坦的艺术里程不仅体现在音乐家身上，也体现在许多执着追求人生理念的艺术家身上，我们为他们的遭遇不胜悲悯，又因他们的追求倍受鼓舞。在潸然泪下的同时，我们看到了真与美的闪光，领略到一种庄严的美、悲怆的美，这时候谁能在无边无际的绝望中发出一声高亢而令人振奋的呼喊，谁就在精神意义上获得了艺术血脉的传承。

读罢荆轲的“风萧萧兮易水寒，壮士一去兮不复还”，陈子昂的“念天地之悠悠，独怆然而泣下”，李白的“孤帆远影碧空尽，唯见长江天际流”，以及曹雪芹的《红楼梦》、托尔斯泰的《复活》，等等，都会有一种和柴可夫斯基《悲怆交响曲》同样的感受，只是音乐是情感的艺术，它深深拨动了人心的哀弦，而文字则更细致而游刃有余地塑造了悲剧性格，表现了悲剧冲突，揭示了悲剧成因。

悲剧性的作品当然令人生悲，但它同时也使人奋进，使人产生美感。倾听《悲怆交响曲》，悲从中来，黯然神伤，唏嘘不已；同时又一定要坚持听下去，就是因为人们在悲伤中也会获得极大的审美愉悦。愚蠢的人容易快乐，而痛苦往往是深刻的，这也就是为什么悲剧比喜剧更有力量。

柔和的力量

老子说："天下之至柔莫过于水。"依容器的形状，它可方可圆；依河流的流向，它可东可西；依地形的构造，它可上可下。

涓流之水可谓柔弱，然而，它却有滴水穿石的力量。

"随风潜入夜，润物细无声"的春雨不可谓不细柔，但却丝丝缕缕渗透入泥土，无声无息地滋润了大地。

狂风暴雨虽然野性十足，却往往"雨过地皮湿"，并不能真正发挥"润物"的作用。

生活是万变的，它时而色彩缤纷，时而浊流汹涌。而心存柔和的人总是能用自己的善良编织出多彩的日子，营造出和谐的氛围。

古时，我国有一位哲学家，在弥留之际，为他的学生们上了最后一课：

"你们看，我的牙齿呢？"

学生回答："没有了。"

先生又问："我的舌头呢？"

学生回答："还在。"

于是，学生们从先生的提问中顿悟出一个道理：柔韧的东西，永远比坚硬的东西更适于生存。江海之所以能成为百谷之王者，以其善下之。这就是说，江海是居下的东西，正因为如此，它才可以受纳百川，兼收并蓄，成百谷之王。

由此，我又想到一则寓言：

太阳和风争论谁比谁更强。风说："你看下面那个穿外套的老人，我敢打赌，可以比你更快地让他把外套脱下来。"

说着，风施展自己的本领，用力对着老人猛吹。但是，它越吹，老人把外套裹得越紧。后来风吹累了，可老人的外套依然紧紧地裹在身上。

这时，太阳从后边走了出来，用它柔和的光暖洋洋地照在老人身上。没过多久，老人便开始出汗，并且主动地把外套脱了下来。太阳于是对风说："温和友善永远胜于激烈狂暴。"

其实，柔和并不等于软弱无能，相反，它是一种力量的表现，是一种做人的美德，是一种内在气质和智慧的表露。学会了柔和，你的生活便多了一种情调，为人处世，你便会以洒脱、沉稳、豁达、宽容赢得人们的尊敬，便不会为一些鸡毛蒜皮的小事而大动肝火，不会为蝇头小利而斤斤计较，就会拥有"能容毁誉从容过"的胸怀，并能"化干戈为玉帛"，息事宁人。

柔和是一种大度心态的展示，学会了柔和，在社会、人际间纷杂的事物中，你便会以敏锐的感觉、开阔的思维、不卑不亢的姿态来调整自我，以柔克刚。柔和也是一种深邃的思想境界，学会了柔和，你便会对功名与利禄、金钱与荣誉、成功与失败、理解与误会等现象有一种全新的认识和独特的见解，从而摒弃诸多干扰，全身心地投入到工作和事业中去。柔和还是一种抽象的美丽，虽然它往往只是刹那间的展示，但却能长时间地感化你的心灵。

当你被真诚感化的时候，当你学会了欣赏的时候，当你心存善意并情愿付出的时候，你也就真正理解了柔和。但愿我们每个人都有一颗柔和善良的心，只要柔和常存心间，岁月便会多几分美丽的色彩，人生便会多几分光明灿烂，生活便会多几分幸福美满。

品味孤独

一个人的时候，很容易生出孤独，而孤独体现的往往是一种自信和力量。孤独而不随俗浮沉，进而以我心之静制外界之动，守应守之道，做该做之事，便能使躁动的心复归平静，使受伤的灵魂得到愈合，使心灵得以充实和愉悦。

拂尽心灵的尘埃，平心静气地走进孤独，抑或当无奈的烦恼和寂寞向你袭来时，换一种心情、一种角度去体验孤独，便会少些猜疑和困惑，少些忧伤和失落。孤独有时像一杯浓茶，初尝时苦涩难咽，细品时却清香宜人；有时如街头的路灯，虽被白雾笼罩，却依然闪烁，就像一颗向往着美好的心。

孟子说，读书明理，目的在能“求其放心而已”，如果什么都放不下，要“求其放心”是很难的，要想轻松快乐就更不可能了。因此，只有远离世俗的嘈杂，静静地品味孤独，静静地享受那一份宁静，才能放弃许多本该放弃的东西。这时，你可以随心所欲，或读一本不错的书，或听一段你喜欢的音乐，或品味一杯浓浓的咖啡……

当奥地利青年作家卡卜斯收到里尔克写给他的第六封信时，他明白了“孤独”对于一个成长起来的艺术家多么重要。在这封信里，里尔克像前五封信一样提醒卡卜斯要喜欢“你的寂寞”，卡卜斯接受了里尔克的忠告，将孤寂视作成长的泥土和甘霖。而在十年前他却要抛弃这无边无际的寂寞，让自己融入麦更宁伊丽莎白的公爵中去。

孤独和沉思是孪生姐妹，孤独的时候，往往也是沉思的时候，是冷静地观察人生、省思自身的时候。就像每一部宏大的乐章里都不可避免地会有几个休止符一样，但休止绝不等于终止。

那一刻，你会放飞思绪，所有人为的界限都无法阻挡你思绪的翅膀，匆匆岁月会成为你记忆中永远抹不去的思念。你会扯出一缕缤纷的云彩，让天空变得更加绚丽灿烂。

当你学会欣赏人生的时候，你也就真正理解了孤独。假如生活是一部交响乐，孤独则是其中重要的乐章，如果说成功是一颗高悬于云端的明珠，那么孤独便是摘取这颗明珠的阶梯。

孤独是喧闹后的平静，而人往往只有在平静之后，才能看清自己、审视自己。

会生活的人，总会在繁忙的生活中抽出一点空闲去独守那份孤独，使自己的心境日趋成熟。

谁说孤独容易使人伤感，孤独自有它的甘甜和醇香，就像昙花在静静的子夜独放，那份幽然，只有自己能体会。在已知和未知的世界里，请反思自己、感悟自己、超越自己，让浮躁的心趋于平静，那些经历过的风雨，便会化成一道道美丽的彩虹。

人生之旅

人生之旅，是幸福与痛苦、顺利与挫折、幸运与逆境交织起来的。它既不像钟表那样平稳而有节奏地运行，也不像朝霞那样瑰丽而反复地出现，相反，它常常是山重水复疑无路，或事业受挫，或升学落第，或情场失意……这诸多不幸，严酷地考验着每个人的意志。

无论你尊贵为一国之君，还是平凡为布衣百姓，都会在各自不同的生活环境里遭受挫折、失败。面对挫折，有的人痛苦、沮丧，甚至一蹶不振，而有的人则乐观豁达，开朗一生。

法国著名作家巴尔扎克说："世界上的事情永远不是绝对的，结果完全因人而异。苦难对于天才是一块垫脚石……而对于弱者，是一个万丈深渊。"不少人受到挫折后，会对生活失去信心，那些动不动就自杀或颓废的人，我只能将他们称为懦夫；而对于强者，苦难则是一块垫脚石。贝多芬 10 岁丧母，17 岁就挑起了家庭生活的全部重担。他酷爱音乐，可残酷的命运却使他完全丧失了听觉，但他没有向厄运低头，而是用意志的巨手扼住了命运的咽喉，谱写出绝世的乐章。

人的意志是在刻苦砥砺中变得坚强的，成就属于不畏艰难的强者。英国哲学家培根说："奇迹多是在厄运中出现的。"俄国文艺评论家别林斯基则说："不幸是一所最好的大学。"如果我们能把失败当作磨炼意志的试金石、继续前进的加油站，那么，我们便能给生活赋予全新的意义。人生无坦途，最重要的是要保持一种精神，一种直面人生的勇气。

记得尼采曾说过这样一段精妙而富有哲理的话："假如生活是一场梦，要有滋味地去梦，假如是一桩悲剧，也要尽力演出它的悲壮和意义。"

美丽的浪花，在海浪与礁石的强烈撞击中盛开；璀璨的火焰，在铁锤与铁砧的敲击中迸发。只有在与挫折的搏斗中，你才能领悟生命的真谛。

生命如歌

随着年岁的增长，我越来越感到时间的宝贵。

“逝者如斯夫，不舍昼夜！”我的身边常常荡着圣哲孔子那声忧戚的感叹，他从水的流动联想到时间的流逝，这声在水流中映出智慧的叹息，余音荡漾在川上，荡漾在古今遽变的智慧里。这声感叹隐含着多少对人世的悲悯。想着生命的历程在一分一秒中缩短，几年、十几年的时光转眼便消失得无影无踪，不免令人惶恐不安，不知所措。

人的生命是有限的。每个人都希望自己活得更精彩、更充实，但面对匆匆岁月的无情，风刀霜剑的锋锐，我们只能默默无语，任由岁月之手在我们的面庞和双鬓上刻下深深的印记，却只能喟然长叹。怎样在有限的生命里创造更多的价值？历史上许多名人为我们树立了榜样，做出了表率，并留下了不少警句名言。古希腊哲学家赫拉克利特说：“人不能两次踏进同一条河流。”他由水的流动看到了事物的运动变化，看到了时间的一度性，要人们不要犯类似的错误，要人们珍惜一去不复返的宝贵光阴。

无论怎样聪慧伟大的人物，面对时间的流逝，都无能为力。

时间的流逝是无情的、可怕的。有的人视时间如生命，绝不蹉跎而过，用勤奋的汗水浇开灿烂的理想之花；而有的人却虚掷光阴，一生碌碌无为，终因“少壮不努力”，落得“老大徒伤悲”而悔恨终生。

人生短暂，宇宙无穷。短暂的生命历程中，交织着矛盾和痛苦，充满着求索和艰辛，遍布着荆棘和坎坷。只有不断地付出，才能换来丰硕的甜美；只有珍惜人生，把握自己，才能抛弃渺小、可悲、失意和挫折，才能拥抱伟大、丰富，才能不断地挑战极限、完善自我。因而，我们要珍惜有限的时光，去追求生命的价值、生命的真谛。

从古至今，大凡有学问、事业上有成者，都是既有“明日”远大的抱负，又努力从“今日”做起的。鲁迅先生将别人喝咖啡聊天的时间全都用上，方为我们留下不朽名著。著名作家姚雪垠，把“抓今天”作为座右铭，终于成功地写出了长篇小说《李自成》。他们那一串串光华四射的足迹和一个个令人激动不已的故事，为我们留下了一座亘古长存的精神长虹，一座思想意志的钢铁长城，一种主宰万事万物的无与伦比的力量。

无数实践证明，不珍惜时间的人，永远不会在事业上有所建树，只会在枯燥无味、躁动不安中，将全部希望寄予来世。唯有珍惜时间的人，才能在知识的海洋里猎取真智。我想起《罗兰小语》中的一段话：“人生很短，没多少时间允许我们浪费。”西哲说：“要活得好像明天就要死去一样。”这话真的有催人奋进的力量，谁也不知道哪一天是自己生命的终结，那就好好珍惜这有限的生命吧。

幸福之源

幸福是每个人都希望拥有的。

所谓幸福，只是一种观点的认可，是一种心理上的感觉。其实，人之幸福在于心。别人可以在生活上、工作上、学习上去帮助你，但却无法帮助你幸福。因为幸福需要自己去发现、去创造、去体会。

知足常乐是一种幸福，吃苦耐劳是一种幸福，不断进取也是一种幸福……幸福没有标准、没有界定，只能自己体会。

几日前，一位朋友向我倾诉了她的不幸、她的郁闷，虽然她说这些均事出有因，但我觉得问题的关键，还是她没能调整好心态、没有学会比较，因此便有些自寻烦恼的意味。

“比上不足，比下有余”是多数人的生活状态。有比较才会有鉴别，有比较才能求得真知灼见。学会比较，往往会使人得到意想不到的快乐。

老子主张：“祸莫大于不知足，咎莫大于欲得。”又说：“福兮祸所伏，祸兮福所倚。”

任何事情都有它的两面性，正所谓“塞翁失马，焉知非福”。人生苦短，有许多事情等待我们去做，有许多乐趣等着我们去享受。因此，对待生活，我们应该保持一种积极乐观的态度。

不要让沉重的欲望迷惑自己，不要总是看到你不曾拥有的一切，也不要总是这山望着那山高，应视自己为参照物，纵向比较，这样，你就会发现自己有那么多值得别人羡慕的地方，这时你便会觉得生活中并不缺少快乐，重要的是你要努力去寻找它。

生活不应该是无休无止的奔波，不应该是终日忧心忡忡的困惑。不必感慨曾经失去多少，也不必患得患失地浮想将来。虽然生活中常有寒风凄雨，但也不乏风和日丽。世界上没有一种事物尽善尽美，每一个人，每一种思想，每一件艺术品，每一种理论，都是如此。

不久前，我听到这样一个故事：一个女青年在她生长的城市苦苦寻找失散多年的恋人，终因饥寒交迫体力不支而倒在大雪之中，而此时，她的恋人正在大洋彼岸和一个富家女举行婚礼。这个故事似乎有些悲惨，但我想，这个倒毙在街头的可怜的人，临死前一定像安徒生笔下那个卖火柴的小女孩一样，怀着金子般的梦，怀着对恋人的眷恋和痴情，她一定是微笑着步入天堂的。从这个意义上讲，她也算是幸福的。

法国作家卢梭在《幸福》一文中说："幸福是游移不定的，上苍并没有让它永驻人间。……所谓幸福者殊有所见，也许这种人压根就不存在；而心满意足之人则随处可见，在所有给我深刻印象的事物中，最令我中意的便是这种满足之情。"请学会比较，学会满足，然后你便会发现，幸福之神正在向你招手！

山径

洁白如雪的浮云上，山峰矗立在天空的碧蓝里。山路——蜿蜒着许多优美的传说和故事。

沿着山路，我拾级而上，走不多时便大汗淋漓。我喘息着，渐渐有些力不从心。何时才能到达峰顶，领略那醉人的风光？我有些怀疑自己的力量了。这样想着，心中便生出些许悔意。

也许我本不该到这儿来，本不该在这狭窄陡峭的山道上付出太多的艰辛。

我颓然坐在一方山石上，阳光很吃力地穿行在浓重的云层里……在一个心情郁闷的落寞者的眼中，大概生活总是这般黯然吧！而命运为什么总要捉弄我？总要对我这般不近人情？是因为我追求的目标过高，还是因为……

我不愿再去多想，在崎岖的人生之路上，我有些累了。正踌躇间，我隐隐看见不远处有两个互相搀扶着的少女，正艰难地向前移动着身子。等她们气喘吁吁地蹒跚到我眼前，我才看清其中的一位是个盲人。她那双眼睛正贪婪地顾盼着四周，虽然看不到她乌亮眸子的闪光，但那种神态分明充满对生命的渴求。

她们到这里来做什么？难道也是为了领略山顶的秀姿？我颇为诧异。一阵微风吹过，盲姑娘喃喃的话音传进我的耳膜："虽然看不见，但山风的絮语、山涧的音韵、山峰的壮观我却感受到了……"

她的话让我深深震撼！我突然有了一种感悟。

我的心从那封闭已久的感情的泉眼中涌出负疚和惭愧。我不知双目失明的滋味。当世界残酷地对她关闭了色彩的大门，她是怎样用心走出黑暗的迷宫的？我真想追上去问问她，而她已缓缓地走出了很远。

我身体内的激情在升腾，心中觉得格外充实起来。从她们身上，我似乎悟到了生命的真谛。这时，天空很蓝，飘飞的云彩仿佛一面面招展的旌旗。向着山峰，我毅然转过身去，我一定要品味一下"会当凌绝顶，一览众山小"的滋味！

第四辑　诗人与酒

龙井问茶

“欲把西湖比西子”“从来佳茗似佳人”。人间仙境杭州西湖以及相邻群山中的佳茗，在苏东坡的笔下，被妙喻为天生丽质的西施和才貌兼容的佳人，多少年来被文人墨客所咏叹，让无数爱茶者心向往之。

从大红袍产地武夷山，前往东吴形胜的西湖，由一个名茶之乡到另一个名茶之乡，心中所愿，便是问茶。正值初夏，龙井村周边，茶树茂盛，茶园飘香，龙井、胡公庙、御茶园诸般古迹，散落其间。生长在西湖群山之中的龙井村、狮峰、梅家坞、虎跑等处的佳茗，得西湖之灵气，纳山石云雾之精华，造化出“色绿、香郁、味甘、形美”四绝特性，又以西湖冠名——西湖龙井茶，并且集名山、名寺、名湖和名茶于一体，构成了独特的龙井茶文化，深受天下人的喜爱。

西湖龙井茶以早采的明前茶最为珍贵，每当清明、谷雨时节，云雾缭绕的山坡上，采茶女的身影若隐若现，在碧绿如茵的茶园之间，鸟鸣茶歌，婉转相应，为秀美的山水平添了几分灵气，成为春天西湖独特的一道美景。

龙井茶以色清、香郁、味醇、形美著称，宋时得名，并成贡品。清代，乾隆六下江南，四次品龙井茶，吟诗十余首，留有“我曾游西湖，寻幽至龙井。径穿九里松，云起风篁岭。新茶满山蹊，名泉同汲绠。芬芳溢齿颊，长忆清虚境”一类追忆赞誉龙井茶的诗句。兴之所至，还题写御碑，采茶山野，封18棵茶树为御茶。从此，龙井茶声名鹊起，盛极一时。

龙井村是西湖龙井茶一级保护区和主产地之一，也是杭州城郊最富有茶乡特色的农家自然村落。清明、谷雨时节，炒茶时扑鼻的茶香沁人肺腑，品尝之后，喉舌留香，让人难以忘怀。在这里，我体验了龙井茶的采摘和炒制全过程，观赏了龙井茶区景色。这里有一个习惯，每家在天亮前必从山里担回甘甜的山泉水，专用于冲泡最好的龙井茶，以备款待客人。无论在哪家品茶，主人都会拿出明前龙井茶让你品评。一杯用山泉水冲泡的珍贵明前龙井，云雾缭绕地捧到你的面前，谁见了都会心动。但见朵朵茶芽在玻璃杯中袅袅浮起，栩栩如生，旗枪交错，宛若春兰初绽，翠竹争艳。观杯中碧叶袅娜翻飞，隐隐然有诗情画意。抿嘴咂舌之际，似有微风拂面，能遣人愁肠、助人逸兴，虽身在喧嚣尘世，却于杯盏之间轻易而得田园山水之乐，可谓尘世一大乐事。

绿茶万般，种类可谓多矣，而西湖龙井以其形、神、味、意，算得上是绿茶之冠。

品茶讲究一观、二闻、三尝。先观形与色。看杯中龙井，一芽一叶，半浮半沉，汤色绿中透黄，便知是正宗明前龙井茶也！原来，采自清明前的龙井和甘露，色泽必微黄。谷雨后，汤转碧绿，品质稍逊。再闻其香，淡雅茗兰，清冽甘醇，悠远绵长，让人直呼美妙。继而品其味。细嚼慢咽，霎时香溢齿颊，鲜爽甘醇；俄顷沁心入脾，心旷神怡。执杯在手，浅饮几口，茶汤在口中回旋，微涩的，甘醇的，清新的，含蓄的。佛经讲“境由心生”，若要尽得龙井茶味，还需个人悟性与造化。

最是难忘那个细雨的午后，在龙井村一家老茶坊里，朱漆条几，竹骨藤椅，空灵静好的女子，晶莹剔透的玻璃杯，一双白皙的纤手，一边冲、泡、点、旋，一边用妖娆的浅笑，将一盏鹅黄茶汤置于我们面前。“从来佳茗似美人”，隔着袅袅茶烟，慢慢品啜，齿颊留芳。正如清代茶人陆次之赞曰：“龙井茶，真着甘香而不洌，啜之淡然，似乎无味，饮过之后，觉有一种太和之气，弥沦于齿颊之间，此无味之味，乃至味也。”

如今，虽有各种好茶相伴，却总怀念龙井村茶香的嫣然，以及雕窗外缠绵的烟雨和那转身离去的背影，像一场初醒的梦。把一盏龙井在手，诗情画意和淡雅的清香便溢满人间，而唇齿间的那份甘甜依然如此清晰。

回眸汉魏故城

深秋，一轮壮美落日映照下的汉魏故城，愈发显出透彻的沧桑和神秘，一种苍凉之感顿时涌上心头。立于城墙之上，秋风飒飒，掀起了历史的书页。这从遥远东汉刮来的风，仿佛穿越幽深的历史隧道，纵横十多个世纪的一位历经沧桑的老者，向人们讲述着千余年来血与火的悲壮记忆。

这座名城是历史的馈赠，它赐予人们一双穿透岁月的眼睛，让我们看到那些历经风雨狼烟依然深留的痕迹——宽阔的古城垣，高大的灵台遗址，壮观的永宁寺塔基……昔日的帝都气派，在这里依稀可见。据史书记载，早在西周时期，这里就已经涌现出一座规模宏大的城址，“武王营周居洛邑而后去”，至此竖起了巍巍的城墙和堞垛，作为抵御外侮的堡垒和屏障。而后，东汉、曹魏、西晋、北魏等朝代在这里轮番登场亮相。东汉后的几个朝代，皆是在原有基础上加固和改建。由此看来，这道城墙，至北魏亡国，已有 1600 年的历史了。

作为我国最大的古代都城遗址，曾经的宏大城阙、巍峨宫殿如今早已化为烟云。“黯淡了刀光剑影，远去了鼓角铮鸣”，站在古城墙千年的凝望里，抚摸着剥落的土墙，仿佛抚摸着一段段鲜活的历史。多少事件在记忆里浮现，多少面孔定格眼前，多少往事穿越千年依然历历在目……蜿蜒残破的城墙是历史的守望者，仿佛在诉说着千年跌宕起伏的岁月……作为东周、东汉、曹魏、西晋、北魏的国都，它延续了近600年，是中国沿用时间最长的都城，历经风吹雨打，仍掩不住昔日的繁华与气派。

在历史的漫漫长河中，仅就都城史而言，汉魏洛阳故城近600年居于全国政治、经济和文化的中心，浓缩了中国历史的精华。刘秀一统天下在这里定都，北魏孝文帝迁都于此推行改革，一代代风流人物在这里叱咤风云，一幅幅历史画卷在这里展开。杰出的文字学家许慎，在这里撰写出我国第一部字典《说文解字》；历史学家班固在这里完成了我国第一部纪传体断代史巨著《汉书》；思想家王充著的《论衡》是一部闪耀着朴素唯物主义思想光辉的杰作；伟大的科学家张衡在这里创制“妙尽玄机之正”的“浑天仪”和精巧绝伦的“地动仪”；蔡伦创制“蔡侯纸”；神医华佗在此治病救人；“投笔从戎”的班超从这里奉旨出使西域；建安七子、三曹、竹林七贤、金谷二十四友……97位古代帝王的诏令从这里传向四面八方，实现着他们文治武功的梦想。历代科学泰斗、学术流派、鸿生巨儒、翰墨精英，更是光照史册，灿若繁星。而影响最为深远的，还是改进、成就了造纸术的蔡伦。他的这一发明对于人类文化传播的革命是空前的。在一本美国人写的《影响人类历史进程的100名人》中，蔡伦排在第七位。有人认为，植物纤维纸的出现，使中国卸下竹简的重负，加快了文明进程，因此得以在全世界领先千年。

这座千古名城，怎不让人肃然起敬，感怀万千！繁华落尽，却洗不掉曾经属于这里的辉煌。

汉魏故城与欧洲的古罗马城遥遥相对，分别为东西方文明的核心。

在汉魏洛阳故城平面图上，大市、小市、四通市等商业区所占的面积让后人可以看出当时的洛阳是何等发达。从西域到洛阳的商人骤增，他们往返于西域和洛阳之间，不断地将西域的物品带到洛阳进行交易，又不断地将交换来的商品从洛阳带回西域，于是此地便成为丝路的东方起点。在那数百年间，这里各种人才灿若繁星，智慧之花自由绽放，很多文明成果流播四方。

这座城也是文化之都，儒学、佛学、玄学在此兴起，也在此达到鼎盛。古文经学、今文经学在城中竞相发展，确立了儒学在中国的主流地位；“越名教而任自然”的玄学勃然而兴，成为中国文化史上独特的风景；佛教则从这里进入中国，由于皇帝的重视，佛教在中国获得高起点，迅速步入坦途。

在这座城里，还完成了两次统一全中国的壮举，并且酝酿了另一次统一。刘秀坐镇城中，运筹帷幄，克定天下；司马氏坐镇城中，一统三国，建立西晋；而北魏孝文帝在城中主导的民族大融合之旅，为后来的隋唐一统奠定了根基。

这片跌宕起伏的土地在起起落落间，造就了太学、灵台、白马寺、永宁寺、龙门、少林寺等响亮的名字，成就了一段永恒的辉煌。方圆 100 公里的土地上，我们首先看到的是千年以前的东汉太学。作为我国古代传授儒学经典的最高学府，太学除了让读书人梦寐以求外，各朝天子也总不忘到此“充电”。那场景、气势怎能不让读书人对太学的大门梦寐以求。太学是东汉魏晋时代的“国立大学”，在校学生最多时达 10 万余人。

距今已有 1900 多年的东汉灵台遗址，创建于光武帝建武中元元年（公元 56 年），是当时最大的国家天文台，曹魏、西晋相继使用。灵台遗址范围达 4 万多平方米，中心建筑是一座方形夯土高台，东西残宽 31 米，南北残长 41 米，残高 8 余米。东汉杰出科学家张衡（78—139 年）

曾先后两次任太史令10多年，领导、主持和参与了灵台的天象观测和天文研究。作为当时全国最大的天文台，灵台延续使用长达400年之久。东汉时设计制造的浑天仪、地动仪，当时也都安放在这里。

白马寺是佛教传入中国后所营建的第一座官办寺院，有着“祖庭”和“释源”之称。它创建于东汉，与汉魏洛阳故城有着不解之缘，其后多次重建。明嘉靖三十四年（公元1555年），黄锦主持重修白马寺，奠定了今日白马寺的规模和布局。白马寺内，宝塔高耸，殿阁峥嵘，柏树森森，红墙隐隐，天南地北的游人虔诚地跪拜在千年古寺前，渴求一世平安。看那专注的神情，一定不知另一座精美绝伦的皇家寺院早已掩埋在历史的风尘中。那就是永宁寺，一场大火使它化为灰烬，也许是寺的华丽，也许是它“心有不甘”，传说大火烧了3个多月，这座寺院才恋恋不舍地走出人们的视线。资料记载，永宁寺门比今日的白马寺还要大三分之二。

在当时洛阳城内外的1000多所寺院中，永宁寺是规模最大、建筑最豪华的一座，它是皇权的象征。当时的洛阳城内，王公贵族掀起了一场争相礼佛的狂潮，达官贵人、普通百姓无不尽着自己的能力表达对佛祖的虔诚，更别说控制着国家实权的灵太后。为了显示自己地位的尊贵、权力的显赫，她亲自在宫城前门选址建塔。开工当日，灵太后亲率群臣“表基立刻”，以显示对永宁寺创建的重视。遗憾的是，现在能看到的只是永宁寺塔基的发掘地和一张永宁寺木塔的复原图。

在这里，我怀着一颗朝圣的心，去触摸历史留下的印痕，因为我深知，在一个个看似平常无奇的遗迹背后，有太多人能读懂深埋于岁月底层的时代风云。

东汉王朝使洛阳兴盛了将近200年后，繁华的宫阙最终毁于董卓的一场叛乱。在今汉魏洛阳故城内城西北角，有一个金墉城遗址，它的修建者是曹魏时期的明帝曹叡，目的是满足军事防御的需要。可他万万没想到，这个军事堡垒不是被敌人从外部攻破的，而是“祸起于萧墙之内”，成了他的继任者曹芳的囚牢。魏咸熙末年，魏主曹奂被迫“禅位”司马炎，连同“魏故宫人”也迁至金墉城。“司马昭之心，路人皆知。”因一句成语而广为人知的司马昭没能登上皇帝的宝座，但其子司马炎却使司马家族走上了权力的顶峰。265 年，司马炎在洛阳自立为王，是谓西晋。

西晋国都洛阳，财富、人口非常集中，商品货币经济也极为发达。“八王之乱，骨肉相残”，致使洛阳“残生残灭，百不遗一”。然而，最使人痛心的，还是董卓的那把火，他烧掉了东汉苦心经营了近 200 年的帝都。一个繁花似锦的洛阳城，就这样被一场人为的大火烧毁。

又是一个将近 200 年的时间，一个鲜卑族皇帝看上了这块孕育着伟大的土地，千里迢迢将都城迁到洛阳。这位性急的皇帝一落脚，就开始着手恢复洛阳城旧有的繁荣，并将城市规划完善得更加合理。一度衰败废弃的洛阳又重新繁荣起来。501 年，宣武帝筑坊 323 间，明确形成了“外郭城”，原汉晋城圈则成了内城。规模比汉晋洛阳城大得多的北魏洛阳城，建制有如棋盘式的里坊……北魏洛阳城的这一新变化，后为隋唐长安城、洛阳城所仿效，成为我国城市建筑史上一个重要的新内容。

到了北魏末年，战乱频发。300 年锦绣皇都，从此竟渐渐化为一片废墟。步入故城南墙偏西的北魏宫城遗址，走在鹅卵石的地面上，欣赏着迄今发掘出的最早的宫城门阙，我仿佛看到北魏时期帝王登基、四方朝贺的盛大场面。而“太平门”就是北魏时期宫城的正门。南面的铜驼街，是当时世界上最热闹的大街，如今却繁华不在，分外冷清。

“若问古今兴废事，请君只看洛阳城”，这是饱读史书的司马光路过汉魏故城时，面对这座城市的兴衰、朝代的更迭发出的感慨。青山依旧在，几度夕阳红，古今多少事，都付笑谈中。今天，我以一个苍茫历史中过客的身份感悟这汉魏故城曾经的辉煌，在残存的轮廓中窥探、守望。

汉魏故城在经历了文治武功、富贵荣耀、攻战杀伐、宫廷密谋之后，“城郭崩毁，宫室倾覆，寺观灰烬，庙塔丘墟，墙披蒿艾，巷罗荆棘”。

一声风笛，从不远处的陇海铁道上传来，唤醒了我的深思，回眸汉魏故城，我再次走进漫漫历史长河，沐浴先贤文明的灿然光辉。

滕王阁饮古

唐代诗人王勃那篇脍炙人口的《滕王阁序》，使滕王阁这座自古就被称为我国三大名楼之一的楼阁更加熠熠生辉。我对滕王阁可以说是仰慕已久，尤其是在游览了黄鹤楼和岳阳楼之后，更是盼望能早一天到滕王阁一睹它的风采。没想到机会接连光顾。1994 年，我到庐山参加笔会，笔会结束后，我们经九江到南昌，作家严丽霞及她的夫君、南京大学博士生导师南翔为我们接风洗尘，并安排我们游览了“滕王阁”等名胜。次年，我到海南疗养，中途由南昌转车，好客的南昌朋友再次邀我游览了“滕王阁”。

走下汽车放眼望去，气势恢宏、金碧辉煌的滕王阁耸立在湛蓝的碧空里。正厅两旁是毛泽东的手迹：“落霞与孤鹜齐飞，秋水共长天一色”的巨联。笔迹遒劲有韵，字里行间流露出毛泽东狂放豪爽的气魄。踏上 50 多级的汉白玉台阶，登上 10 多米高象征古城墙的庞大台座，此阁风檐凌空，碧瓦丹柱，雕梁画栋，非常壮观。抬头仰视，“东风瓯越”“瑰伟绝特”等匾额间横其上，显现了滕王阁的久远历史和沧桑感。

滕王阁是历代封建士大夫迎送和宴请宾客之处。据说，洪州府都督阎伯屿曾重修此阁，在九月九日重阳节设宴高阁，聚宴群僚，迎送宾客，并欲推其女婿吴某作滕王阁序文。当时，“初唐四杰”之一的王勃探亲路过南昌，正好赶上盛宴，席间阎伯屿出于礼节请王勃作序，王勃不知内情，欣然承诺，并当众起草，提笔立就。笔停之时，满座皆惊。阎伯屿读完其序，也不得不叹服王勃的奇才。从此，王勃的《滕王阁序》成了千古绝唱。滕王阁更是“文以阁名”“阁以文传”而闻名遐迩。此后历年历代都有不少名人大家之作，但与王勃的《滕王阁序》相比，都稍逊一筹。

王勃在这篇序里，不仅生动地展示出滕王阁壮观秀丽的阁景，描写了宴游唱和的欢乐，也抒发了他作客他乡、怀才不遇的感叹，曲折委婉地表达了他对所谓“圣君”的不满，“诗因楼成”“楼借诗传”，《滕王阁序》可以说是一篇久诵不衰、常读常新的奇文。文学名篇与建筑风景之间的这种互补关系，是我国古代文化的一大特色。获得诺贝尔奖的杨振宁博士曾说：“诗人王勃在《滕王阁序》中，用了‘物华天宝，人杰地灵’这样美丽的诗句，描写了当时的巨大潜力。盛唐文化是当时的世界之冠。今天，王勃的名句仍然可以用来描述中华民族的无比潜力。”

据资料记载，历史上的滕王阁曾迭毁迭兴达28次之多。耸立于眼前的滕王阁重建于20世纪80年代，它的结构达到了传统风格与现代科学技术的完美结合。在滕王阁的顶层，我们凭栏远眺，雄伟的南昌城郭尽收眼底。波光粼粼的赣江悠悠东去，仿佛在诉说往昔的岁月和今天的日新月异。此情此景，王勃文中描绘的景象也如幻影般在我眼前浮动。大风起兮云飞扬，许多故事已被淹埋在历史的泥沙里，而永远不息的是中华民族高昂的魂魄！

仰读龙门石窟

初识龙门，是在孩提时代。随着年岁的增长，加上天时地利之便，我曾多次游览龙门，面对成千上万的石佛和碑刻，我感到祖国历史文化的精湛，同时也感到龙门石窟宽阔的胸怀和博大的精神。

千百年来，龙门山水因龙门石窟而名扬天下，又因石窟中栩栩如生的千万尊石像而灵气氤氲。

龙门石窟位于洛阳市南 12 公里外，这里两山对峙，伊水中流，远望犹如一座天然门阙，因此古称“伊阙”。传说，这里就是古代夏禹疏通伊阙山，使伊水流入黄河的地方。下了车，顺着伊河向南行走，在右侧的龙门山上，陡然耸立起一座座石壁，这就是闻名中外的龙门石窟了。这里一年四季，车马络绎，观者如云，甚至显得过于喧闹和拥挤。它成为人类艺术的象征，被人们所景仰、所朝拜。

生长在这样的灵山秀水之间，迁客骚人、名流儒士的风雅之墨灿若星汉随处可见，但我还是愿意在一个个美丽而略带神话色彩的传说中沉迷。踏进这块名胜之地，如跃入了一部浩繁的古线装书中，随便翻开哪一页，丰厚的历史和传世的文化典籍都会让人被一种磅礴的气势所容纳。

这一排排密密麻麻、大小不同又错落有致的石窟，绵延1000多米，组成了一个巨型画廊，一部浩瀚的历史。这里，一个洞窟就是一个悠远的神奇故事。龙门石窟最早开凿的洞窟距今已有1500多年，可以追溯到5世纪北魏孝文帝迁都洛阳之际，此后又历经东魏、西魏、北齐、隋、唐、五代和宋、元、明等朝代，断断续续大规模开凿达400余年。至今，这些大大小小的窟龛像蜂窝一样密布在伊河两岸的山壁上。岁月的长河淹没了多少世事沧桑，可龙门石窟却以它独有的魅力，穿越历史，折射出它应有的光芒。它以智者的神态，无言地注视着每一个前来观赏的人。龙门石窟是我国石窟群中造像最多、最具皇家风范的大型石刻博物馆，它与敦煌莫高窟、大同云冈石窟齐名，是我国三大艺术宝窟之一。它集10个朝代的历史艺术精华于一身，这不论在中国还是在世界上，都是罕见的奇迹。

踩着依山而筑的石阶前行，一个个绚丽多彩的石像世界便呈现在眼前。这些石像神态逼真：有的双目微合，盘膝而坐；有的手捻佛珠，面含微笑；有的怒目圆睁，透着杀气……其造型惟妙惟肖，令人拍手叫绝。千百年来，它们聆听着伊河的低吟，目睹着古都的潮起潮落，荣辱沉浮。龙门石窟的主要窟龛有古阳洞、万佛洞、莲花洞、药方洞和奉先寺等。古阳洞开凿时间最早，内容最为丰富，是现存精品最多的一个洞窟。据说，古阳洞是支持孝文帝迁都洛阳的一批王公贵族和高级将领为孝文帝雕凿的。走进古阳洞，就像走进了一座艺术殿堂，洞内小龛琳琅满目，雕刻相当精巧，壁龛上保存着最为完整的佛教故事浮雕组画，详细记载了有关释迦牟尼的传奇故事。这种连环画似的浮雕，在石窟中极为少见。洞内的造像题记，均出自北魏书法名家之手，字体遒劲有力，其书法多显质朴、古拙。著名的“龙门二十品”有十九品都在古阳洞内。龙门二十品是魏碑体书法艺术的精粹，在全国首屈一指，被书法家们视为珍宝，因此洛阳有“魏碑故乡”的美称。置身其间，犹如进入了一座丰富的艺术殿堂。

莲花洞是北魏后期的一个大型洞窟，因窟顶雕有一朵大而精美的莲花而得名。洞内龛额构图精美，富于变化，洞顶大莲花周围浮雕飞天，飘飘若生。

我曾多次在万佛洞内伫立默想。万佛洞虽然只有一间房屋大小，却以珍藏着万余尊佛像而驰名，其四壁和洞顶满是约四厘米的小坐佛，佛像上下头脚相连，层层密布，神态安详，个个细腻逼真，栩栩如生。抬头仰望洞顶，那一个个佛像凸起的脸孔，宛如满天的星星，令人目不暇接，眼花缭乱，有的游客感到好奇，便一个接一个地数，直数得眼睛发酸，刚一眨眼，便又忘记数到何处。这奇绝的工程，精细的天工，使多少游客赞叹不已。

因洞壁上刻有上百个古代药方而得名的药方洞，其药方涉及内科、外科、妇科、儿科、五官科等，是现存最早的石刻药方，甚为珍贵，称得上一部石刻中华医学史书。历史，是人类文化积累的一个过程，是人类文明的体现，在这里浏览，可以看出我们的祖先或前贤对自己民族传统文化的尊重和珍视。

顺着山势修筑的石阶继续前行，但见穿着各式服装的游人摩肩接踵，人头攒动，宛如一条蛰伏的巨龙，给千年的龙门增添了无限的生机。这些络绎不绝的朝圣者大都是为艺术而来，并被历史和艺术所震撼、所沉醉。我们来到奉先寺，这里早已站满熙熙攘攘的人群。奉先寺那尊美轮美奂的卢舍那大佛无疑是整个造像群中的极品，是龙门石窟中规模最大、艺术最为精湛的石窟。一位学者这样描述卢舍那大佛所带给他的震撼：“当我与峭壁上巍然站立的九躯大佛迎面相遇的时候，骤然觉得有一股震撼的力量向我扑来，恍若置身于惊天动地的大瀑布前，‘自我’在瞬间消失了……待镇定下来仰面望去，啊！卢舍那大佛正带着一种超凡绝尘的微笑，宁静地向下俯视着。世界在我心中消失了，只留下这个微笑……”

据说，武则天被册封皇后之后，为提高自己的威望，曾捐了两万贯脂粉钱资助修建。主像卢舍那大佛通高 17.14 米，头高 4 米，耳长 1.9 米，面庞丰满清秀，发似波浪，眉若新月，双目含蓄，庄严慈祥，令人畏而不惧。它以“雕饰奇伟，冠于当世”吸引着各方游客前来观赏。据说设计者是按照武则天的形象，依据佛乃非男非女、亦男亦女之说，有意将此造像女性化，为其歌功颂德的。据《资治通鉴》记载，武则天的形貌“方额广颐”，即宽宽的前额，胖胖的脸蛋，与卢舍那大佛的形象特征相似。因此，卢舍那大佛可能就是武则天自身的写照，大佛两旁的弟子，一个严谨持重，一个温顺虔诚，左右的菩萨头戴宝冠，身佩璎珞，艳服盛装，体态婀娜，显得端庄而矜持……

这组形神兼备的雕像，从构思布局到神情刻画都达到了炉火纯青的艺术至境，是唐代雕刻艺术的杰作，在世界艺术史上极为罕见，具有永恒的艺术魅力，堪与古希腊女神维纳斯雕像和意大利文艺复兴巨匠达·芬奇的名画《蒙娜丽莎》相媲美。龙门石佛之胜，胜在奉先。郭沫若先生曾有“一寺灵光号奉先”的诗句，予以恰当的概括。奉先寺高超精湛的艺术反映了我国古代劳动人民的聪明才智，是集体智慧和力量的结晶，也是我国古代美术史上集体创作的成功范例。在这组精美的古代石刻艺术面前，多少游客注目敛神、惊叹不已，为古人的智慧和艺术创造力所折服。

这里的每一个洞窟都能引人驻足良久，当你在这里徜徉，你一定能够领略到石佛那生动的眼神、迷人的微笑，也一定会感到自己知识的贫乏、审美的困惑。

龙门山清水秀，洞奇石美。自古以来，龙门山色就荣居洛阳“八景之冠”。历代文人墨客无不触景生情，咏叹抒怀，刻石留名，或记游、或记事、或记功、或题字，但更多的是凿洞、造像，致使伊河两岸、巍巍群山几乎无山不题诗、无水不吟诵，可谓佛龛造像遍崖、碑刻题记如林。据统计，龙门石窟的碑刻题记多达 2840 块（通），数量居世界石窟之冠。其内容广涉政治、经济、军事、宗教、地理、民族、艺术、医药、中外交通和文化交流等。这些碑刻题记不仅是龙门石窟历史沿革的文字记录，还是一部涵盖多种学科的石科史料。

千百年来，龙门石窟这座浸透着劳动人民心血和汗水的艺术宝库，除了受到自然风化侵蚀外，也遭到了人为的破坏。尤其到了近代，由于外国不法商人和我国奸商勾结进行盗凿，不少佛像残首断臂、刀痕累累、疮痍满目。1935 年，美国普爱伦与一个叫岳彬的古玩商签订“合同”，使难以计数、价值连城的大批精美佛像、浮雕一箱箱流失国外。他们是龙门石窟的罪人。如今，这一座座残缺的雕像、一通通破损的碑刻成了一段段血泪史，仿佛在向人们无言地倾诉。无数事实证明，只有国家强盛，民族的宝贵遗产才能永久地传承、发展和延续下去。

举世闻名的龙门石窟，浓缩了浑厚的历史和灿烂的文化。它穿越时空、穿越国界，以深厚的文化底蕴走进历史，并将以崭新的姿态，走向更加壮丽辉煌的未来。

琅琊山，一座被赋予生命的山

初闻琅琊山，是在中学课本上那篇欧阳修的《醉翁亭记》里，文中赞道："林壑尤美，望之蔚然而深秀。"又因"醉翁之意不在酒，在乎山水之间也"的独特韵味，而成为千古佳句，被人们传诵至今。琅琊山、醉翁亭，因欧阳修的一篇美文而名扬天下。

我对琅琊山倾慕已久，然而，走近它，却是30年后的一个秋天。仔细想来，这个梦，未免有点漫长。真到了琅琊山，又感觉在虚幻中一般，这也许是因为对它心存的景仰吧！

一条曲折蜿蜒的山径，伸向琅琊山深处。路两旁，古木参天，荫翳蔽日。时值深秋，高高低低、错落有致的树林五彩斑斓。沿路前行，见一水潭，潭水清澈，水流潺潺。溯流而上，见一桥下有石块砌成的方池，方池内两汪清泉，清泉上方有一清朝的石碑，上刻"让泉"二字。原来，这里就是："山行六七里，渐闻水声潺潺而泻出于两峰之间者，酿泉也。"文中的"酿泉"，就是现在的"让泉"，汩汩的泉水不断从两泉相接处溢出，流入下溪，幽泉涓涓，水声悦耳，如环佩叮当。据说，一边的泉水少了，另一边的泉水会补给，因此，取名“让泉”。

经过“让泉”，看见两棵百年醉翁榆，华盖亭亭，后面一道青砖院墙临水而建，院门上“醉翁亭”三字直入眼帘。北宋元祐年间（1091）苏轼时任滁州知州，亲手书写《醉翁亭记》并列碑，从此珠联璧合，“欧文苏字”让醉翁亭更负盛名。

欧阳修在滁州任职2年4个月，在琅琊山写出了《醉翁亭记》《丰乐亭记》等光耀千古的作品，从而奠定了他被后世尊为唐宋八大家的基础。琅琊山、丰乐亭、醉翁亭遂成滁州一景，而醉翁亭名列四大名亭之首，散发着人文光芒，成为滁州一座地标性建筑。

醉翁亭几经毁坏和修复，现留存的古建筑多为清代光绪年间和民国初年营建或修复。醉翁亭建在一巨石上，东、西照壁下横卧一块褚色的虎形石，上面镌刻着“醉翁亭”三个红色大字。欧阳修当太守时，常在此眺望琅琊山景，与贤达、雅士饮酒赋诗，因为他自嘲年高，称自己为“醉翁”，该亭自然也就成了“醉翁亭”。

走进醉翁亭，见一花木扶疏的照壁，照壁左上侧刻有一个小巧的月亮门，上刻“有亭翼然”匾额。透过月亮门，可看到有两角飞檐，如鸟儿翅膀在墙的上端展开。拾级而上，穿过月亮门，是一个不大的院落，院子四周墙体均嵌有石碑。其中有苏东坡手写的《解醒阁记》，此碑旁边则是通往醉翁亭的最后一道门。跨过写有“酒国春长”的门槛，见一飞檐翘角、四面临风、青砖铺地的房子，匾额上的“醉翁亭”三字，仍出自东坡居士。亭外怪石嶙峋，老干虬枝，遮天蔽日。

古梅亭前，是虬枝疏斜、苔藓滋蔓的一株老梅树，虽历千年，仍生机勃勃。相传这棵梅树为欧阳修所植，人称欧梅。欧阳修是北宋中叶诗文革新运动的倡导者，他大力提倡古文，批评宋初以来追求靡丽形式的文风，主张文章“明道”“致用”。著名的文学家三苏父子、曾巩、王安石等皆出自他的门下，《醉翁亭记》与《岳阳楼记》作于同一年。庆历五年，范仲淹、富弼等推行“庆历新政”失败，欧阳修因上书为他们辩护，又触犯了皇帝和诸多大臣，被贬为滁州知府。

欧阳修有着老梅般的坚强品格。为政之余，他常站在梅树前沉思，对着林壑芳草，听鸟鸣泉声饮酒赋诗，抚琴吟唱。如今这棵象征着欧公魂灵的古梅树，苍劲斑驳的躯干，宛若卧龙，茂密的枝叶伸向天空，仿佛在向上苍传达着他的思想情怀。欧阳修爱梅，曾留下“帘幕东风寒料峭，雪里寒梅报春早”的佳句，表达了他刚直不阿的精神追求。

与古梅亭咫尺之遥的意在亭，远远看去，四周宽大的芭蕉叶随风摆动。庭前的青砖地上，有条婉转萦回的小水渠，水流舒缓，清澈见底，这便是“九曲流觞”之处，是古人饮酒赋诗的风雅之地。相传东晋年间的农历三月三，王羲之和42个文化人在绍兴兰亭聚会饮酒。文人们在蜿蜒的溪水旁邻水而坐，并在水上放了酒觞。觞顺流而下，停在谁的面前谁就要赋诗，否则就罚酒三杯，所谓一觞一咏，畅叙幽情。后来，王羲之把这些诗收集起来，并为之作序，由此写下了天下第一行书《兰亭集序》。而眼前的曲水流觞则建于明代，比东晋绍兴的要晚许多年。此刻，虽无酒觞随波而来，但有习习清风相伴，徜徉在醉翁亭景区，脑海自然会涌现王羲之与文人饮酒赋诗的那场雅集。

欧阳修本是个前途无量的京官，被贬到偏远苍凉的滁州当太守，换作一般人，也许会颓废消沉、一蹶不振，欧阳修却不然，他超凡豁达，忘情山水，很快便适应了这里的一切，文人骨子里那种对大自然的向往和热爱，在这里得到了充分的施展。他品茗山野，醉眠山水，无为而治，政绩斐然。表面上的他，纵情于山水之乐，而在他心里，永远寄怀的还是人民和社稷，所谓“居庙堂之高则忧其民，处江湖之远则忧其君”。欧阳修骨子里是个忠君忧民的践行者，他施政讲究宽容和感化，办事遵循人情事理，不苛责武断，不繁缛琐碎，删繁就简，以民为本。因此，他政绩卓著，百姓们安居乐业，他的作为也在滁人心中留下了难以磨灭的记忆。山因人而异，或不鲜见。然而欧阳修为文为政为人之风格品德在琅琊山这片土地，为人称颂，泽被后世。

得与失，福与祸，需要辩证地去看，也正是欧阳修的这次被贬，让他的命运发生了根本性的改变，从此，中国文坛又多了一座令后人敬仰的文化高峰。

洛河，承载了多少民族的记忆

夜阑人静，银河泻影，朗月风轻，花香满径。

今夜无眠，我独自披件外衣来到洛河边，这是我散步的最佳去处。洛阳桥畔，月亮悄无声息独步夜空，月光浮动若流水，柔和地泼洒在波光粼粼的河面上，也泼洒在河边婆娑的柳树上，柳丝在月亮中轻轻摇曳，洒落一地斑驳的闪着银光的碎片。月亮悄无声息地走到了天穹的顶端，月亮在水里晃动着：天上一轮月亮，水里一轮月亮，天上的月亮在水里，水里的月亮在天上。今夜的洛河，注定因这样一轮月亮而意味深长。

河边的柳树，白天郁郁葱葱，枝繁叶茂，那长长的柳丝，像少女肩上飘逸的秀发。然而，到了夜晚，在月光笼罩下，影影绰绰，极像一幅水墨画。两岸的树木和鳞次栉比的高楼，沐浴在月光里，朦朦胧胧，若隐若现，空灵飘逸，好像一幅清幽恬静的画卷。洛河，流经我生活的这座城市，从远古走来，走过夏商周、走过汉魏、走过隋唐……你千年的波光，悠悠的古韵，承载了太多的历史文化，河图洛书，礼乐文化……行走在洛河岸边，不觉想象驰骋，思接千载。

洛阳是一座历史文化名城，是一座充满诗意的城市，一缕文脉气贯长虹。十三朝安邦兴国的历史缩影，绵延不尽的河洛文化，让人情不自禁地从心底涌动一种温暖的文化记忆！千年帝都，江山如画，而源远流长、博大精深的河洛文化作为中华民族的根文化、核心文化，更是长期独步天下，影响深远。

洛河，是一条承载着数不清的神奇故事和传说，荡漾着五千年文明的波涛，被赋予历史、文化的神圣之河。它发源于陕西省洛南县洛源乡的龙潭泉，蜿蜒400多公里在偃师与伊河交汇后流经巩义注入黄河。它穿山越岭，一路欢歌，历尽艰辛与坎坷，每股细流、每朵浪花里都留下了动人的故事和传说；它钟情于洛阳，从几百里外翻山越岭赶赴洛阳，就是为了见证几千年中华历史朝代的变迁；它穿城而过，把厚重的古都洛阳装扮得诗情画意，让整个城市浸润在灵秀与诗意中。

每一种文化的产生，都离不开河流，一条河流的历史，往往会悠久于其沿岸人群居住的历史。河流是人类生存和文化繁衍之源，它给了人类生存与繁衍的物质基础和精神滋养，更是人类生存与繁衍的永远的家园。在中华文明的形成过程中，黄河被称为母亲河，洛河作为黄河上一条最重要的支流，在中华文化、中华文明的形成过程中起到了至关重要的作用。河洛文化是中华民族的根文化，河洛流域无疑是河洛文化的重要发祥地。仓颉造字、河图洛书、伏羲八卦、大禹治水，这些传说，都与洛河密切相关。可以说，洛河与黄河哺育了最早的中国。

从空中俯瞰洛河，那一碧如洗的洛河宛若一条绿色的丝带，弯弯曲曲地飘舞在钟灵毓秀的河洛大地上。它自西向东，翻越秦岭从洛南县一路九曲回肠历经坎坷向着东南方向奔流，水随山势，百转千回，青山绕碧水，绿树掩古寺。然而，当河水奔流到了洛宁县长水村时，又向北绕了个大弯，流经洛宁、宜阳后，才真正进入洛阳市区。由此可见，上天对洛阳是何等的眷顾与厚爱。

洛河犹如一部厚重的史书，在向人们展示丰富多彩的历史文化的同时，也向人们展现她的丰盈与灵秀、婉约与柔美，它就像一幅天然画卷，逶迤东去，碧波荡漾，诗意盎然。洛河，滋润着两岸的良田，染绿了两岸的芳草，它日夜不停地流淌着，福佑着两岸的人们。

洛河是黄河中下游最大的支流，全长447公里，其中流经河南境内366公里。卢氏县是洛河流域流经路程最长的地区，达113公里。在卢氏县范里镇涧底村的洛河岸边，河洛古道，山河形胜。青山叠翠，洛水中流。两岸青峰翠岭，水面波平如镜。宽阔的河面上，一艘货船由远及近，停泊在久负盛名的山河口古渡码头。这里与洛宁县毗邻，道路却被群山阻隔。千百年来，深山里的百姓就是这样沿洛河逆流而上运送物资，船停在山河口码头，然后到范里镇进行着贸易往来。卢氏县依洛河而繁盛，建城2500多年来，已成为洛河流域的重镇，它以洛宁的长水为界，在它的上游，洛河大多穿行在高山与峡谷之间，悬崖峭壁，激流险滩，然而，到了洛宁长水后，水面开阔，承载着灵山秀水的自然风光和底蕴深厚的河洛文化。

洛宁上水镇紧邻洛河，这里汇山川之灵气，集天地之精华，至今仍耸立着“洛出书处”大型碑刻，碑上清晰地记录着一个广为流传的神话故事。《易经·系辞上》说：“河出图，洛出书，圣人则之。”东汉历史学家班固说，大禹治水的时候，有一匹龙马从黄河浮出，背负“河图”；大禹治水的时候，有一只神龟从洛河浮出，背负玉版，上刻《洛书》，伏羲依“河图”画作八卦，就是后来《周易》一书的来源；大禹对洛书进行了阐释，就是《尚书》中的《洪范》了。后来，人们对“河图”“洛书”作了种种推测、探索、解释，它印证了河洛地区在中华文明史上独特而重大的作用。碑上的字迹被岁月侵蚀后，留下了斑驳的痕迹，但它真实地记录了历史，闪烁着历史的光芒。站在古石碑旁向南眺望，在一条小河汇入洛河的地方，形成了一种自然奇特的写意符号。中华文字的创始人——仓颉，曾经借这些符号加上鸟兽留下的脚印，在这里发明了文字。置身于此，你在这静谧的环境中，会去细细体味和追溯历史的脚步。

洛河一路欢歌从洛宁流经宜阳境内，有一座36米高、建于唐代的五花寺塔，巍然屹立在洛河宜阳段的连昌河畔。这座古塔，九级八角，内有塔心室，当年可循环上至塔顶。这里便是唐代大诗人李贺的故乡。李贺是洛水孕育的天才诗人，他年少时便发出“少年心事当拿云，谁念幽寒坐呜呃”的豪言，胸怀“男儿何不带吴钩，收取关山五十州”的壮志。这位诗人虽然在世只有短短27年，但他的诗在中国诗坛上，留下了深深的印痕，深受后人的喜爱。

在宜阳，还有一座被千年古松包围着的凤凰山，山中有座建于东汉时期的灵山寺，它与千年的银杏树一同见证了岁月的沧桑。依着灵山向前，就是声名显赫的锦屏山，当年隋炀帝、武则天曾多次来到这里，白居易、韩愈、刘禹锡更是在这里留下传说。说到隋炀帝，就不能不说一说大运河。1000年前，中国历史上曾有一条世界上开凿最早、通航里程最长的古运河，它的中心就在洛阳，这条世界上最长的古代运河，也是与长城并称的伟大工程。它北起北京，南至杭州，贯穿东西南北，沟通五大水系，是全国的水上交通大动脉。

遥想当年，波涛汹涌，千帆竞发，历史造就了洛河曾经的辉煌，那些樯帆林立的图景早已镌刻在人们的心中，时时浮现在河洛儿女的眼前。它就是今天被人们叫作洛河的市区段。对隋炀帝是褒是贬，千年争论不休。晚唐诗人皮日休在《汴河怀古》诗中写道：“尽道隋亡为此河，至今千里赖通波。若无水殿龙舟事，共禹论功不较多。”这无疑肯定了隋炀帝修建大运河对东西水上交通的重大作用。诗中所说的河，就是我眼前的洛河。当年，这条河南达苏杭，北抵涿郡，所以，诗人拿此比大禹之功也绝不逊色。就是这样一条河，其主要组成部分通济渠和永济渠的龙头（渠首），都在时为国都的洛阳，而洛阳市区段，就是中国大运河隋唐时期的枢纽中心。

洛阳，伊、洛、瀍、涧四水相汇，历史悠久，文人辈出。从裴李岗文化到仰韶文化、龙山文化、二里头文化，夏商周遗迹星罗棋布；儒家学说奠基于此，道家学说渊源于此，佛家学说首传于此，宋明理学开创于此，这五大学派对形成和决定中国人的思想、观念和品格，都产生了极大影响。这里不仅诞生了炎黄二帝、伏羲、大禹、洛神、杜康等历史神话人物，还诞生了玄奘、杜甫、李贺等中国历史上一大批耀眼的文化巨星。他们的名字，历久弥新，愈加熠熠生辉。河洛大地人杰地灵，离不开洛河的养育。

此刻，我伫立洛河岸边，仿若置身画中。在这静谧的月夜里，我的思绪信马由缰，任意驰骋，洛河上的一幕幕故事浮现在我的眼前，这如画的风光，秀美的山水，让历代文人墨客留下了众多华丽的诗篇。

流淌千年的洛水岸边，不乏动人的传说和故事——1700多年前，北魏初年的中秋时节，当“下笔成章”的风流才子曹植伫立洛河岸边，一轮明月被淼淼水波衬托，格外明净优雅，透过纱幕，隐隐看到，月光中貌若天仙的洛神婉若游龙、翩若惊鸿，竟在白帆和渔歌声中翩然而至，如梦似幻的曹植惊喜不已。古城与洛水相映，才子与美女相逢，一曲人神恋爱的悲情故事——《洛神赋》，就这样在曹植的笔下诞生了。我恍惚听见，河面上隐隐飘来清亮的歌声，我仿佛看见，洛神站在绿波上，水光潋滟处，倒映出神女的云髻峨峨，清澈的波心中，洛神仪态万方。品读这个惊艳旷古又缠绵苦涩的爱情故事，怎不使人感慨万千？悲剧在文学作品中最能撼动人心。伏羲的女儿宓妃虽溺死于洛水，但她无怨无悔，独爱洛水，她徜徉在洛水河岸，欣赏着美丽景色，最终融于洛水，成为洛神。曹植因迷恋甄妃，并熟悉和喜欢洛神这个传说，写出了千古美文《洛神赋》，把宓妃、甄妃两个绝代佳人融为一体，构成了人神相融的美丽形象，同时又写出了自己对洛神爱而不得、人神殊途、不得相偕的千古遗恨，缠绵悱恻的悲情之美令人惋惜。神话与现实，月光与波痕，更加彰显了洛河的魅力。

泱泱洛河，哺育了河洛文化。以洛阳为中心的河洛地区，是河洛文化中最绚丽多彩的组成部分。《尚书》中的不少篇目，《诗经》中的不少诗作，代表着河洛文学的最初成就。西汉时，洛阳人虞初著《周说》，被誉为小说的开山之作。汉代辞赋、建安文学、汉魏文章、唐诗宋词成就了河洛文化的辉煌。

在偃师夹河滩，伊洛河孕育了丰富的历史文化，东汉时期的洛阳太学，张衡发明的浑天仪、地动仪，蔡伦造纸等都发生在这里。在巩义市的河洛镇神北村，绵延百里的邙山到此而止，洛河也在这里汇入了黄河，在黄河与洛河汇流处清浊交汇、阴阳交织而演绎出的八卦充满着神秘色彩。

正是有了洛河的滋养，河洛文化才闪烁着独有的光芒。它是中华民族的根文化，是黄河文明的核心文化。迄今为止，世界上的文明古国如埃及、巴比伦、印度、希腊、罗马……这些文明古国的文化统统被征服，历史文化或中断或消失，只有中国文明、中华文化，从古到今，一脉相承，连绵不绝，流传至今，这是世界文明文化史上独一无二的现象。在考察这一历史文化现象时，我们了解到，自古以来河洛地区、洛阳平原为“天下之中”，也领悟了河洛文化独具的强大凝聚力和生命力。这种“以河洛地区、洛阳平原为中心”的观念，这种强大的凝聚力和生命力，对中华民族、对我们国家确实产生了不可估量的影响。

我曾去过许多城市和国家，但我深深爱着的还是洛阳这座城市。我国北方的许多城市，大多都是缺水的，然而，洛阳有伊、洛、瀍、涧四条河流，以及小浪底水库、故县水库、陆浑水库，它们为洛阳注入了生机与活力，更为洛阳增添了神韵。假如洛阳没有了洛河，城市的地位和品位将会另当别论。奔流的洛河穿城而过，这让多少北方城市艳羡。

洛阳，这座中华民族古代历史文化最为璀璨夺目的城市，正是因为有了这条美丽之河，其历史文化才更加厚重和灿烂。

今夜，站在洛河边，河水泱泱，逝者如斯，每一朵浪花都闪烁着人文的光芒，每一朵涟漪都荡漾着历史的沧桑。站在洛河边，我真切地触摸到洛阳这座城市灵魂的脉搏；站在洛河边，我在品读洛河，更是在品读历史，品读洛阳乃至中国的一部厚重历史。

千百年来，洛河哺育着帝都洛阳和源远流长的河洛文化，它从陕西省洛南县洛源乡东流入河南境内，经卢氏县、洛宁县、宜阳县、洛阳市，到偃师市杨村附近纳伊河后称伊洛河，到巩义市洛口以北入黄河。它全长453千米，大致以洛宁的长水为界，上段洛河穿行在峡谷和盆地之间，多险滩激流；范里至长水一段，两岸悬崖峭壁；出长水后，洛河脱离山区，水面渐宽，一路奔流不息，奔向黄河的怀抱，尽管历尽艰辛，或“山重水复”，或“柳暗花明”，但一直没有停下奔向黄河的脚步，因为它的归宿是黄河，是大海。

如今的洛阳，以洛河为中轴线，两岸的洛浦公园绵延30里，绿树成荫，鸟语花香，碧水蓝天，四季有景。穿城而过的河水把秀美与典雅、开阔与王气带给洛阳人，让他们感到自豪，同时也享受到恩惠。繁花旧梦虽离洛阳远去，但洛河连接着洛阳的昨天、今天和明天，连着洛阳人的血脉，是洛阳人的幸福之河、生命之河！

谁非过客，花是主人

一所院落，就是一座历史文化的宝库。自西晋以来，这里藏有历代墓志刻石2000余方，镶嵌在15孔窑洞、3个天井和1条走廊的内外墙壁、柱子上，其中唐人墓志多达1700余方，占我国出土唐志总数的三分之一以上，内容涉及政治、经济、军事、社会风俗、典章制度等，是不可再生的历史文化资源，是广大金石学家、历史学家以及书家向往的殿堂。

著名爱国人士、辛亥革命元老张钫先生酷爱金石，还与于右任、章太炎、康有为、张广庆等人交往甚密。在他们的影响下，1931年，他托人在洛阳各地广泛收罗历代墓志铭及书画石刻。他与于右任商定，凡“魏志”皆归于氏，而“唐志”皆属张门。之后，于右任将“魏志”集中于陕西三原，而“唐志”则由张钫运至家乡园中，辟地建斋，将收集的墓志铭镶嵌其上。“千唐志斋”由国学大师章太炎亲笔题额，并附有跋语云：“新安张伯英得唐人墓志千片，因以名斋，嘱章炳麟书之。”此乃斋名之由来。

千唐志斋是我国唯一的墓志博物馆，也是金石碑刻和书法艺术的宝库。映着大门，有座被藤蔓“包围”的石屋，这是张钫先生的书房，名曰：听香读画之室。它于1918年建成，已历经百年风雨。“谁非过客”“花是主人”，八个古拙的大字，分别镌刻在书屋正面的墙体左右，吸引人们玩味着其中的奥秘哲思。房门紧闭，透过窗子，但见屋内桌子上摆放着笔墨，几把椅子、一张茶几临墙依次排开……张钫先生当年就是在这里谈笑鸿儒、读书泼墨染春秋的吧。

行走于一方方碑刻间，如同穿行在历史的巷道中。这里，记载着朝代的更替，记载着个人的兴衰，一个字一个字地叠加，却是一个人乃至一个时代的缩影。在这里，无论人与人之间的地位有多么大的差距，无论风光或坎坷，一方青石成了最终功过评说的承载。千唐志斋所藏唐人墓志自初唐的武德、贞观年起，到后唐的天复、天祐年止，300年之年号，无不尽备，这些墓志记载了唐人形形色色的社会活动，为研究唐代的文治武功提供了难得的实物资料，同时，也增加了古代文化的分量。这2000多块碑志，每一块碑志都是一个逝去的梦，其背后都有一个鲜活的故事，这些故事虽历经千年，却仿佛仍在眼前。

石碑上，在凸凹的字里行间，我仿佛触摸到了先人的风骨和血脉，触摸到了唐代社会发展的形态，触摸到了古代文化与文明的底蕴和走向。于是，那些王公贵族、士卿大夫，男男女女，他们的荣辱、功过是非，以及历代书画大家董其昌、郑板桥、米芾、刘墉、王铎、康有为、章太炎……这一个个让我仰慕且尊崇的名字，被我一一收入眼中。品读这些碑刻，就像与这些大师握手、交谈，让人有种难以言表的荣幸。上千年的历史，浩浩荡荡如大江汹涌，如飞瀑流泉，而此刻，仿佛一下子都涌到了我的面前。

我触摸到郑板桥的那支笔了，翠竹在他的笔端摇曳生姿，在石碑上栉风沐雨，舒展百年而不凋零；而王铎那支巨大的狼毫，直而有力，正而有骨，在纸上奔走，如枯藤缠绕老树，如虬龙腾云驾雾，一撇一捺尽显风流……

谁非过客，花是主人。短短几个时辰，恍然穿越了千年光阴。石刻冰冷无语，但由它所承载的史料信息，却如星空浩瀚。这些中国古人为后人留下的宝贵遗产，无论是墓志、绘画还是楹联，都在无声却有形地陶冶着来来往往过客的心。

一缕酒香醉千年

杜康，是中国酿造秫酒的鼻祖。酒祖杜康的诞生，注定一缕酒香将穿越数千年，永恒渗透岁月，从此酒文化在中华大地上波澜壮阔，醇厚绵长。

翻开一部酒历史，顺着历史的脉络寻找酒的源头，在东汉时期刘向所辑战国史书《世本》里有所记载：“辛女仪狄作酒醪，以变五味，杜康造秫酒。”宋人朱翼中在《北山酒经》中说：“杜康作秫酒，以善酿得名。”《直隶汝州全志》载：“杜康在县城北五十里，为杜康造酒处。”《水经注》载：“杜水，又名康水，源出牛山，会于伊，后人称杜康河。”这些记载都深深印证了杜康造酒的真实度。

杜康酒也是中国最古老的历史名酒，因杜康而命名，有着数千年历史，引得无数诗人竞相讴歌，然而最有影响的当属魏武帝曹操《短歌行》中的“慨当以慷，忧思难忘。何以解忧？唯有杜康。”之句，可谓千古绝唱。这句诗，也成为杜康酒最好的广告词。李白斗酒诗百篇，对文人来说，灵感可能就是一杯酒。有“华夏第一酒窖”之称的杜康酒厂酒窖和杜康仙庄，是“醉美汝阳”采风的重头戏。

杜康村位于汝阳县城北25公里的蔡店乡，三山环抱，一溪旁流，柳暗花明，风景秀丽。杜康河纵穿南北，两岸峡隙，百泉喷涌，清冽碧透。杜康后人曾向周平王献佳酿美酒，周平王饮后龙颜大悦，赐封杜康村为“杜康仙庄”。俗话说，酒香不怕巷子深。“醉美汝阳”采风团的作家们一走下汽车，就闻到了浓香扑鼻的酒糟味。若循着酒香去寻找，会很容易找到酿酒的地方。

杜康酿酒取水之处，古称“酒泉沟”。这里至今仍保存着周平王所赐的“酒泉”的青石匾。泉眼终年泉水丰盛，滋味甘甜。一行人围着被保护起来的“酒泉”，看着清澈的泉水，赞不绝口。

杜康仙庄内，绿树掩映中，一大片古色古香的园林展现在人们眼前。迎面一条清澈见底的溪流，便是大名鼎鼎的杜康河了。传说该河因酒祖杜康造酒于此而得名。《水经注》记载，杜康河“源出牛山，会于伊，长十里”。牛山，伊川县葛寨乡黄兑村南的一座小山。杜康河自此流经汝阳县蔡店乡、伊川县白元乡，注入伊河，干流全长17.5公里，流域面积74.8平方公里，是伊河中流的支流之一。在杜康村附近河段，有天然泉源100多个，因杜康常年用此水酿酒，故名杜康泉。拾级走上杜康河99米的“二仙九曲桥”，曲水流觞，步移景异，仿若画中。沿岸百泉喷涌，最引人注目的是那座重檐六角亭，上悬“酒泉亭”匾额，泉口青石栏杆虽已风化，但淙淙泉水清冽碧透。这就是流传千古的“酒泉”，又称“杜康泉”，为当年杜康造酒取水之处。

杜康酒有过骄人的业绩，是当之无愧的酒祖。时光划过岁月，定格在1915年2月20日，巴拿马太平洋万国博览会正式开幕。2月25日，美国副总统马沙和前任总统罗斯福等政界人物来到中华政府馆和中国食品馆参观，并品尝了参展的汝阳“杜康”字号的高粱酒。美国《旧金山报》《万国博览会快讯》介绍“杜康”字号高粱酒说：“风味独特，又以冰晶而显其长，受到诸国青睐。”

1972年9月，日本首相田中角荣访问中国。9月29日晚，周恩来总理设宴招待，席间，田中首相称赞“天下美酒，唯有杜康”，希望能喝到杜康酒以品仙味。时任中国科学院院长的郭沫若当即向客人介绍了杜康酒的渊源，并欢迎田中首相到中国酒文化的摇篮——杜康村参观。由于当时杜康酒只是民间小规模酿造，田中首相未能如愿。后来，杜康酒厂委托冶金部访日代表团给田中角荣带去杜康酒，并赠诗一首：“田中原首相，和好利家邦，献上杜康酒，周公古义长。”田中角荣收到杜康酒非常高兴，吟诵着曹操的《短歌行》，用杜康酒招待亲友。田中角荣先生还委托日本朋友给杜康酒厂赠送了樱花种子。我们来到杜康仙庄的时候，“樱园”里的樱花刚刚开过。据说，这里的樱花主要分为红、白两种，樱花盛开时节，繁花似锦，满树烂漫，吸引了许多游客前来观赏。

多位国家领导人都对杜康酒寄予厚望。1985年5月7日，全国人大常委会委员长万里参加了“汝阳杜康杯”中外名人桥牌赛并荣获冠军。颁奖时，万里委员长说：“杜康村是中国秫酒的发源地，中国酒文化的摇篮，有很多宝贵的酒文化遗产，你们要很好地加以保护，造福子孙后代。”为弘扬祖国的历史文化，汝阳县委、县政府于1988年在杜康造酒遗址建成了中国第一个酒文化旅游胜地——杜康仙庄，将自然山水与酒文化巧妙地融于园林之中。这里树木葱郁，群鸟集聚，河水中流，曲径通幽，彰显出了独特的古朴与秀美。

香醇园是杜康遗址公园的园中园。这里自然与人文交相辉映，文化底蕴丰厚绵长。该园建在龙山之巅，明楼上镶书画大师李苦禅所书“杜康仙庄”青石匾额，山门两侧，各有约3米高的青石雕刻，底座六壁，其中两壁是淙淙康水，四壁为神兽驮樽，形态各异，象征最古老的名酿——杜康酒，源自最奇特的佳泉——杜康泉。座上平卧着一个庞然大物，乃龙头龟。相传，自杜康开始在这里造酒，杜康河里就来了一只金龟，这金龟只饮泉中水，不沾异地食。传说这泉水是玉皇大帝天酒壶的酒浆，有仙酒之气，那金龟喝得多了，体态丰盈，心机灵通，能腾云驾雾，会呼风唤雨。有一年夏天，天降大雨，山洪暴发，河水猛涨，眼看大水就要冲毁山庄，洗劫杜康酿酒作坊。只见这只金龟，在杜康河里上下翻腾，滚滚巨浪到这里便扭了头，村子、作坊安然无恙。人们都说，这只龙头金龟是玉皇大帝派来保护杜康造酒的神龟。从此，杜康便将它当作神灵供奉其上，人们也把它尊崇为酒祖之“保护神”。酒龟背上载一神兽大樽，虎目狮口，龙爪象身，这是杜康当年的护坊门神，后人为了图祥避邪，亦以此制作为酿酒之器。

出香醇园，绕石亭，走过独拱，在一片花木笼罩的草坪间，见一怪石，人称“醉仙石”。传说，张果老成仙之前在此饮过杜康酒，从此，对杜康酒始终不能忘怀。后来由张果老推荐，玉皇大帝派八仙下凡，招杜康为天宫酿酒御师。八仙来到杜康村，仗着自己的海量，指名要最好的杜康酒喝。杜康见他们个个海量，怕把已经酿好的杜康酒全部喝完，便把能醉人的酒母拿出来让八仙喝。谁知八仙每人刚喝一杯，便纷纷醉倒。他们踉跄着向村东南走去，当走到这块石头边时，已是烂醉如泥，东倒西歪于石床上。后来，人们便称这块石头为“仙人卧榻”。

杜康祠前，有一座悬山式建筑，乃该祠山门，立栏上悬挂着中国书画家李可染题写的“杜康祠”匾额；檐柱上镌刻“魏武歌吟解忧句，少陵诗赋劳劝辞”楹联。拾级而上，步入山门，可见一尊3米高的仿青铜酒爵，玉液自爵内湍湍溢出，预示着杜康佳酿源远流长。祠内纵轴线正中为“献殿”，献殿内“饮中八仙”彩塑分列左右。据传，唐代诗人杜甫的祖父杜审言，曾官任膳部员外郎，洛阳县丞。他非常喜欢饮酒，并自称杜康后裔，专饮杜氏家酒。杜甫饮酒也不离祖风，他的《饮中八仙》分别是苏晋、张旭、李白、崔宗之、李琎、李适之、贺知章、焦遂。这八位名士，虽饮酒形态各异，但都与杜康酒结下了不解之缘。

杜康祠内有一个雕栏池，其中有一棵老态龙钟却依然枝叶繁茂的暴皮柘桑，人们称之为“酒树”。古时，这里叫“空桑涧”，杜康幼年经常在此牧羊。一次，他偶然把余粥倾于空桑，几天之后，发现空桑洞中的秽饭发酵后溢出了含有香味的脂水。杜康尝而甘美，遂得酿酒之方。据传，那棵老柘桑就是当年杜康发现酒的奥秘的那棵空桑之后裔，故名“酒树”，这便是千年杜康酒的源头了。

“酒祖殿”为全祠的主体建筑，左侧墙上壁画是《杜康醉刘伶》神话，右侧壁画是《杜康造酒》故事。殿前，一对“朝天吼”石狮，造型奇特，做工精细，其配座镌刻有“八仙醉酒”浮雕，各路大仙抱坛执壶，俱成醉态，憨态可掬，惟妙惟肖。据有关学者考证，该狮为明代成化年间遗物。

杜康酒文化名扬国内，誉驰五洲，吸引了海内外许多知名人士、专家、学者、文人骚客慕名而来，并为这里留下了珍贵的墨宝，酒祖殿两侧的爬山碑中珍藏着 67 通书画碑刻，张爱萍的草书“御风扬神”道出了杜康酒的真谛。已故书画大师李苦禅讴歌杜康与杜康酒的七律是对杜康的最好评价。这里还有书画大师李可染的“佳酿之祖，世传杜康”，中央美院副院长朱乃正教授的“返朴归真”“酒情墨缘”，著名画家娄师白的“花王唯魏紫，美酒数杜康”。另外，启功、沈鹏、葛洛、姚雪垠的诗作也都在碑廊里得以展现。

翠竹掩映下的“七贤胜景”是七尊形态各异的汉白玉雕像，他们是山涛、向秀、王戎、嵇康、阮咸、阮籍、刘伶，号称“竹林七贤”。这里修竹丛丛，绿叶婆娑，摇曳生姿，给人一种虚怀有节、优雅恬淡之感。当年这七个名士才子均以古都洛阳为活动中心，他们虽有济世之志，但生逢魏晋易代之际，政治腐败，社会黑暗，为逃避现实，便崇尚老庄学说，反抗旧的礼教，不求名利，以酒交友，经常在杜康仙庄酣饮，借以发泄内心的苦闷和愤世嫉俗的感情。这一丛修竹充分体现了“竹林七贤”

桀骜不驯、傲岸不俗的风骨。

杜康生活的年代，距今约有4000年，翻开中国诗词的章章节节，似乎都能闻到扑鼻的酒香，这甘醇的酒香几乎伴随着中华民族的文明史。诗人与酒有着数不清的故事。自大诗人屈原以来，诗人与酒就成了形影相吊、难分难解的忠诚伴侣。经过3000多年悠悠岁月，诗人与酒情益笃、意益厚。

杜康仙庄是全国规模最大的酒文化博览中心和旅游胜地。悠久的历史古迹，深厚的文化底蕴，独特的自然景观，典雅的园林建筑，使之成为中原旅游的一颗璀璨明珠。在这里，作家和诗人们心中潜藏的柔软诗情得以呈现，生命被还原成最初的纯净。这是一块文人与酒结缘的宝地，也是催生和激发灵感的地方。

杜康仙庄飘出的酒香正日日夜夜浸润着汝阳大地，氤氲到历史的纵深处，灿烂悠久的酒文化历久弥香……

眉山读苏

一

在我心中，苏轼同屈原、司马迁一样，是令人高山仰止的伟大生命。因此，他的故乡眉山对我有着极大的诱惑力和吸引力，我还未踏上眉山的土地，心早已走进这里——不久前，我得到中国散文学会的邀请，到眉山参加颁奖和中国散文高端论坛：我的散文《回望故乡》获得第八届冰心散文奖。得知消息，我真有些喜出望外，这幸福来得有点让人猝不及防。我是在毫无思想准备的情况下走进眉山的。

这是一座很有韵味的小城，千百年来，被一路南下的岷江滋润着，牵引着。我从古都洛阳换乘成都到眉山的高铁，车窗外河流纵横，山清水秀，土地肥沃，风景如画。秦朝李冰父子修建的都江堰，成就了这里的富庶。

苏轼和我的老家河南有着难解的情缘。1037 年，苏轼这位旷世奇才在眉山城西纱縠行苏家老宅诞生。1101 年，他被安葬在河南郏县，这是他生前早就看好的地方，与他的家乡眉山有几分相像。如今，苏轼就沉睡在郏县。在苏轼的坟墓旁，有一个村子叫“苏坟村”。这个村子的百姓时常为陵墓培土、献花。特殊年代，百姓们把墓园的碑刻等保存下来，如今，位于郏县的三苏祠，其规模及文物价值，与眉山的三苏祠相比，各有千秋。

应该说，历史把最好的年代给了苏轼。宋太祖“杯酒释兵权”后，北宋王朝推行“重文抑武”的国策，文官的遴选主要是通过科举制度实现的，这种治国方略对整个国家，当然包括对眉山苏家的影响，都是巨大而深远的。

嘉祐元年，苏洵带着 20 岁的苏轼和 18 岁的苏辙，自西蜀眉山顺岷江而下，一路向北，来到京城（河南开封）。第二年，苏轼和苏辙参加科举考试，同榜及第，轰动了眉山。当朝皇帝大喜，说苏氏兄弟是宰相之材，国家未来有望中兴。可惜后来，苏氏兄弟二人都未能出将入相，大宋王朝也没有扭转积贫积弱的颓势，但眉山已有足够的理由自豪。

眉山人文环境浓厚，是全国三大雕版印刷中心之一，在两宋近 300 年间，一个人口不过 2 万户的眉山，竟奇迹般涌现出了 800 多名进士。这不能不让人惊羡和感佩。曾巩在《赠职方员外郎苏君墓志铭》中说：“眉之学者至千余人，盖自苏氏始。”在位 40 多年的宋仁宗也称赞：“天下好学之士多在眉山！”南宋大诗人陆游在眉山曾经发出这样的惊叹：“孕奇蓄秀当此地，郁然千载诗书城。”毋庸置疑，苏轼最初的生命是在这里得到成长和滋养的，伟大的人格也是在这样的文化和士风中砥砺成的。中国文学史上的唐宋八大家，眉山独占三家，且出自一门三父子，也就不足为奇了。

二

到眉山，三苏祠是必看的景点，它是三苏父子故居，是苏轼和他的父亲苏洵、弟弟苏辙的家，更是眉山的文化地理坐标。汽车在三苏祠门前广场停下，我走下汽车，热风拂面，阳光刺眼，却依然挡不住我拜谒“三苏”的脚步。

站在三苏祠的大门前，多年夙愿，今朝梦圆。在飞檐翘角的门楼下，悬挂着一方横匾，黑底金字写着“三苏祠”三个字，遒劲而有力。三苏祠始建于宋代，明洪武元年，为纪念苏轼父子，改宅为祠，并立纪念石坊，供奉三苏塑像，明末毁于战乱，除了几块石碑，再无片瓦。眼前的这些建筑是在清朝重修的。民国时期，以祠内建筑为基础扩展的三苏公园，现成为占地 104 亩的古典园林。

这是个红墙环抱、绿水萦绕、古木扶疏、翠竹掩映、清溪萦纡的庭院，八角黑格窗雅致地凹进墙内，石板路蜿蜒伸展，仿佛平平仄仄的韵律铺成，将园区各景点连接在一起。千年的时光斑点洒落一地，飒飒的风声好似苏轼翻动书简的声音。进门不远处，有两棵银杏树，树形高大，冠如华盖，颇有古风。解说员停下脚步说，银杏树一般是雌雄并存，但这两棵银杏树却均为雄树，似乎隐喻苏轼和苏辙两兄弟。然后，又指着东边不远处的另一棵大叶榕说，这棵大叶榕树是苏洵亲自栽种的，距今已经 1000 年了，一父二子，虽有附会之嫌，却难得有如此的巧合。这三棵古树，历经沧桑，依然生机勃勃，枝繁叶茂。

复前行，耳畔古筝悠扬，如泉似水，如梦似幻。千年文风在这里激荡，不知不觉中，便陶醉在满园的诗意和古韵里。古香古色的建筑，散发着浓郁的儒雅之气。这里茂盛的植物、奇石和绿水，以及楹联匾额，营造出自然、古朴、典雅的园林意境。楼台亭榭，古朴典雅；匾额对联，词意隽永；随处可见闪动的波光和斑驳的树影。祠内有众多殿宇，除大殿外，有瑞莲亭、启贤堂、云屿楼、抱月亭等，这些楼阁亭塔布局缜密，看上去古朴典雅、错落有致、美不胜收。

在三苏祠一座建筑物廊檐下，一块“是父是子”的题匾，吸引了众多游人，人们对匾上的这四个字议论纷纷，各抒己见。这几个看似平淡的字，却蕴含着深深的哲理。苏氏一门，两代三杰。父，是父中楷模；子，是子中英豪。他们屹立于中国文坛千年而不衰。如此父子，堪称千古一绝。那副“一门父子三词客，千古文章四大家”的楹联，颇为世人称道。

三苏祠虽楼阁亭塔众多，然而给我留下深刻印记的，当是正殿后院的右侧厢房。苏轼母亲程夫人的塑像首先吸引了我。这是一个伟大的母亲，她不仅激励丈夫苏洵成才，还把自己的两个儿子苏轼和苏辙培养成了旷世奇才。苏轼出生时，父亲苏洵 27 岁。“苏老泉，二十七。始发愤，读书籍。”这是《三字经》告诉我的。或许可以说，是苏轼的出生，激励着他的父亲发愤读书。苏轼的母亲程夫人，是他的第一位启蒙老师，对他的影响，可以说伴随着他的一生。

这里除了程夫人，还有王弗、王闰之、王朝云的塑像。这三位王姓女子同样给苏轼以巨大影响。第一位是他的妻子王弗。王弗出身书香门第，自幼好习古文，可以说是一位饱读圣贤书的才女。当“敏而静”、博闻强记、知书达理的王弗成了苏轼得意的“贤内助”，苏轼一改往日的放浪不羁，饮酒的次数少了，读书更加用功了。有时，苏轼记不起书中某一章节的内容，王弗却能立时指出；苏轼当局者迷时，王弗为其指点迷津（识别章惇等恶人）；苏轼固执己见时，王弗对其婉言相劝……这样聪慧、谨慎的女子，与生性豁达、“满眼里没有一个坏人”的苏轼，在性格上正好互补。苏轼多次在诗文中称赞她“其言多可听，类有识者”“妻贤夫祸少”。也许正是因为有这样一个善于“相夫教子”的妻子，苏轼才得以早年就青云直上。只可惜，天妒红颜，王弗年仅 26 岁便溘然早逝。这让苏轼伤心不已，他把对妻子刻骨的思念化为一首肝肠寸断的悼亡诗：

十年生死两茫茫。不思量，自难忘。千里孤坟，无处话凄凉。纵使相逢应不识，尘满面，鬓如霜。

夜来幽梦忽还乡。小轩窗，正梳妆。相顾无言，唯有泪千行。料得年年肠断处，明月夜，短松冈。

每次读《江城子》，都会被苏轼魂牵梦萦的爱情感动，他们夫妻恩爱，伉俪情深，却抵挡不住命运的捉弄，以致天人永隔："千里孤坟，无处话凄凉。"欲语还休，痛入骨髓，可见苏轼对王弗的感情之深。

另两位是苏轼续弦的妻子王闰之和妾王朝云。王闰之温柔善良，善解人意，陪伴苏轼走过了人生最坎坷的25年。她粗通文墨，善于持家，是苏轼日常生活中的贤内助。这期间，苏轼遭遇"乌台诗案"，命悬一线，被贬黄州、惠州等地，官职越做越小，贬谪地离京城也越来越远。王闰之无怨无悔，与苏轼相濡以沫，恩爱有加，为苏轼生下苏迨、苏过两个儿子，对苏轼前妻王弗的遗子也视如己出。她还把自幼生在歌台舞榭的时尚女子朝云收在身边，并与之和睦相处。然天有不测风云，王闰之在46岁那年因病去世，苏轼伤心得"泪尽目干"，为爱妻在墓碑上刻下"唯有同穴，尚蹈此言"的墓志铭。在她死后十几年里，苏轼未再娶，并最终实现对她的承诺。

王朝云自幼父母双亡，被杭州教坊行首素娘收养，成为一名没有入籍的歌妓。苏轼通判杭州时，素娘见苏轼人品端庄，心地善良，让年仅12岁的王朝云做了苏轼的侍妾。这个"美如春园，目似晨曦"、小苏轼25岁的女子深得苏轼喜欢，只可惜，她最终未能成为苏轼的妻子，这也许因为以妾为妻为当时的法律所不容吧。

当年逾花甲的苏轼被贬南蛮之地惠州时，家奴侍妾纷纷远去，而重情、仗义的王朝云却义无反顾，紧紧追随，她与苏轼不离不弃，直至病逝。苏轼含泪将她安葬在惠州西湖边的小丘上，墓上建有六如亭，柱子上镌刻着他撰写的一副楹联："不合时宜，唯有朝云能识我；独弹古调，每逢暮雨倍思卿。"永永远远，她都是苏轼最疼爱的人、最难觅的知音。

三

离开后院厢房，心久久不能平静。缓步走出庭院，走过小桥，小路通幽，我想起贾平凹来眉山时说过的话：苏东坡是文学的太阳。在太阳的光辉中沐浴，我行走在这个伟大生命曾经行走的林荫道上。突然，我感到我的脚步似乎灌注了一种精神、一种力量，我感到我的这种行走似乎也有了些许豪放的意味……这颗伟大的心，已停止跳动了千年，但他的诗、词、赋、文不朽！

反观苏轼的一生，可谓历经坎坷。他虽年少得志，仕途却并不顺畅。他 20 岁参加科举考试，一举成名。当时的主考官欧阳修正锐意倡导诗文革新，看到苏轼清新洒脱的文风，眼前一亮，误以为是弟子曾巩所作，为了避嫌，将苏轼的文章列为第二。事后，欧阳修知道文章是苏轼写的，对苏轼青睐有加。他欣喜地预言："此人可谓善读书，善用书，他日文章必独步天下。"

在欧阳修的盛赞下，年轻的苏轼一时名动京城。当他正要在京城大显身手时，他的母亲和父亲先后病故，他和弟弟苏辙两次还乡守孝。苏轼返朝回京后，恩师欧阳修因反对新法，与新任宰相王安石政见不合，被迫离京。从此，苏轼历尽磨难、曲折和艰辛，饱受倾轧、排挤和贬谪之苦。熙宁四年（1071 年），苏轼上书力陈新法的弊病，王安石大为不满，耿直的苏轼便请求出京任职。元丰二年（1079 年），苏轼调任湖州知州，上任后，给皇帝上奏一封《湖州谢表》，因与一般官样文章有所不同，被新党挑唆，逐步酿成“乌台诗案”。苏轼身陷囹圄百日，几度濒临绝境，因宋太祖定下不杀士大夫的制度，苏轼才免遭杀身之祸。经历了“乌台诗案”，苏轼对官场失去了信心，“乌台诗案”也成了他命运的转折点。

然而苏轼知道，人生就是修行，困苦、艰难是沙子，越粗粝越坚硬，他的人生也就越晶莹。他的诗文书画和生命一道，无不在磨难中趋于完美。他被贬黄州，在生命中最艰难的日子里，写出了《赤壁赋》《后赤壁赋》《念奴娇·赤壁怀古》等千古名作，在苍茫山水之间，感悟天地之间的生命，“寄蜉蝣于天地，渺沧海之一粟。哀吾生之须臾，羡长江之无穷。挟飞仙之遨游，抱明月而长终”。自然的浩瀚、雄浑和力量，让他超越时间和空间，超越人世间的困苦，获得了超脱和豁达，成就了他生命的崛起。后来，苏轼又被贬到惠州，一个又一个贬官诏令追赶着苏轼的步伐，等他赶到惠州，最后的官职变成了宁远军节度副使。他依然安之若素，处事不惊。

在惠州，他谪居了 2 年 7 个月。因为政治失意，苏轼把更多的精力放在了自己的兴趣爱好上。他爱写诗，爱书法，爱美食，爱酒。他觉得，过好每一天，更乐观地生活，才最实在。他遍游惠州，所到之处，常留下惊世骇俗的诗文。苏轼以自己的艺术创作光耀千秋，以自己的勤政仁厚泽被一方。无论顺境还是逆境，他都活出了生命的意蕴；无论居庙堂之高，还是处江湖之远，他都活出了真实的自我。花开是诗，花落是词。苏轼的诗题材广阔，清新刚健，文思奇崛，与黄庭坚并称“苏黄”；苏轼的词豪迈雄奇，与辛弃疾同属豪放派代表，并称“苏辛”；苏轼的散文气势宏大，语言却平易自然，与欧阳修并称“欧苏”，是“唐宋八大家之一”。中国古典文学的华章中，苏轼占据了不可或缺的一页。苏轼在绘画方面也造诣颇深，尤擅长画竹。绘画，他注重神似，反对形似，主张画外有情志，反对程序的束缚，提倡“诗画本一律，天工与清新”，拓展了之后“文人画”的审美内涵。他擅长写行书、楷书，与黄庭坚、米芾、蔡襄并称为“宋四家”。苏轼曾自嘲，“我书造意本无法”“出自新意，不贱古人”。除了诗词书画，苏轼政绩也颇佳，西湖十景之首的苏堤就是苏轼在杭州做官时开浚西湖，以湖泥葑草筑成的大堤。他原创的味醇汁浓、酥烂香糯的东坡肉历来很受“吃货”的追捧。苏轼是一个可以在地狱里活出天堂滋味的人，是一个可以在贬谪的压抑、打击的黑暗中活出万丈光芒的人。

林语堂曾说：“苏轼已死，他的名字只是一个记忆，但是他留给我们的，是他那心灵的喜悦、思想的快乐，这才是万古不朽的。”

作为中国文学史上大名鼎鼎的人物，他一生坎坷，却我行我素，遇事泰然处之，他把别人眼中的苟且，活成了自己的潇洒人生。

苏轼无疑是眉山的骄傲。

在三苏祠，我站在苏轼的塑像前，隔着千年时光，依然能看到他眼中摄人心魄的光芒，这光芒使他在岁月里艰难跋涉，使他在贬谪地乐天知命，使他在人生的泥淖里开出人性和文学的莲花。这是怎样的一种情怀，怎样的一种境界？！他带给我的不仅仅是文学上的震撼，还有达观的人生态度、厚重的人格魅力，在以后的日子里，不论阴晴圆缺、花开花谢，苏轼和他的眉山将如暖阳，永远照耀我的心房。

诗意白园

幼时，我特别喜欢背诵唐代大诗人白居易的诗歌，及至念了中学，才知道这位大名鼎鼎的诗人，晚年就卜居洛阳香山，自号“香山居士”，卒后葬于香山琵琶峰上。于是，便渴望到那里一游。

然而，直到中学毕业，我才与几位朋友一起了却了这一夙愿。那时的琵琶峰冷冷清清，除了一个黄土墓冢，一座残缺不全的香山寺外，再无其他可观之处。

不久前，我终于又和香山琵琶峰聚首了。这时的香山早已修葺一新，整座白园是根据诗人性格、唐代风采设计建造的，它位于龙门石窟东面，与突兀高耸的龙门山对峙，汩汩流淌的伊水从中蜿蜒而去，充满了诗情画意。

香山寺虽然不大，但却建筑精巧、雕梁画栋、飞檐挑角、绘精描金，难怪古人留下“龙门十寺，观游之胜，香山首焉”的赞誉。

进得园门，一眼望去，丛竹夹道，悬瀑飞洒，乐天堂、听松亭、松风亭等仿唐建筑半遮半掩，引人入胜。我们先来到青谷区。这里绿树浓荫，清幽异常，其暑天气温比园外低3℃左右，漫游其间，令人心旷神怡。

沿着弯弯的小路，踏着诗人的足迹继续前进，便来到白居易的墓体区。

白居易墓地的香山寺附近的琵琶峰，因平面形似琵琶而得名，这名字很容易使人想起他的长诗《琵琶行》。墓体呈椭圆形，墓的旁边竖着大小十几块碑石，最引人注目的，要数24吨重的自然石卧碑了。墓的正前方立着三通石碑，是清康熙四十八年（1709年）所立。碑上刻有“唐少傅白公墓”六个大字。字迹苍劲凝重、雕工细腻，可以看出书者雕者是怀着怎样敬重的心情挥弄刀笔的。碑庐外，墓冢小广场广植翠柏，冢前植琵琶形天鹅草坪，墓周围迎春花、枇杷、樱花、牡丹等花木分类间种，其构思精巧、设计美观，昭示着世人对诗人崇高的敬意。

我在墓前伫立良久，心中默念着这位与人民息息相通的诗人的3000多首（篇）佳作以及他的清政廉举，不由捧起一抔黄土撒在他的墓前，以表达我的倾慕之情。

墓北是诗廊区。这里集中陈列着出自当代书画名家之手的白居易诗碑刻和瓷砖壁画。在这里，你可以尽兴欣赏玩味。

白居易的一生光明磊落。他在世之日，总是把“救济人病，裨补时阙”当成自己的志愿。他得荣达而不骄矜，遭贬谪而不自弃，处顺境善抒其志，遇逆境独守高洁，赢得了后人的称颂。

白居易不但在诗文中关心民间疾苦，而且不论为官在任还是下野为民，都做了不少有益于百姓的好事。就在他年过七旬、重病缠身、寓居香山时，依然念着伊水八节滩。八节滩就在阙下河内，这里每有船只来往，常常搁滩触礁，造成船伤人亡。他用自己的全部积蓄，疏通了龙门水道，为民解忧，造福后世。完工后，他写下了《开龙门八节滩诗》，被乡民刻在了巨石上，以作永久的感念：“七十三翁旨暮身，誓开险路过通津。夜舟过此无倾覆，朝去从今免苦辛……”

此事已历 1000 余年，依然盛传至今，足见历代为人民做过好事的人，人民对他们的爱戴与尊敬。也许正因为如此，白居易在这里的墓园便一直被保护了下来。

在墓前，有许多人或俯首致意，或吟诗抒怀，或泼酒祭奠。这情景使我想到“从来只有情难尽”的诗句来，不是吗？花开花谢，时序更替，这是自然规律。然而，在人类的精神世界里，却有着千年不衰的情思，一代一代，牵动着人们的回忆。

温暖记忆

世界上的每种植物，都离不开丰沛的雨水、温暖的阳光和一片适宜自己生长的土壤。作家与作家协会的关系是非常密切的。有人说，作家协会就是作家们的土壤、阳光和家园。

在新中国成立70周年这个特殊而又令人振奋的日子里，当我写下“洛阳作协”这几个字，便感觉非常亲切，因为这是一种责任、一种支撑和一种力量。回溯到1949年10月19日，洛阳第一次文代会召开，洛阳文联成立。在市文联第一次执委会上，成立了文学部，而文学部就是作家协会的前身。在1990年3月，文学部改称为洛阳市作家协会。洛阳作协跟随共和国成长的脚步，走过了70年历程。

作家关仁山说：如果把作家比喻成鸟儿，中国作协就是那片茂盛温暖的树林。70年了，人生七十古来稀，而树木在七十年则是壮年。中国作协像树林一样，每时每刻都以它的热情迎接鸟儿入林，这些作家在这里觅食、休养，获得新的营养与激情后再飞出树林，以丰硕的创作成果来报答作协的培养与支持，也可以称为鸟儿出山。这形容多么贴切呀，它说出了中国作家协会会员的心声。而洛阳作协，也是洛阳作家和众多文学爱好者的树林。“一棵树长起来特别不容易，因为容易长歪长不高，许多树木一起长的时候，虽然拥挤，但是在拥挤之中都会往上长，容易长得高、长得大。”著名作家贾平凹如是说。

我从小喜欢文学，我的文学道路上的领路人，是我在摸索过程中遇见的作协的老师们。起初，文学创作只是我的一种业余爱好，随着时间的推移，则变成了一种责任和使命。回忆我的文学成长历程，大部分的往事已渐渐淡出了记忆，而有些，却是刻骨铭心的。

在 20 世纪 80 年代，文学特别受追捧，不少作家因为一本书、一篇小说、一首诗而一夜成名。那时我 20 多岁，非常喜欢诗歌创作，但苦于找不到老师。诗人李志老师令我仰慕不已，那时他已出版多部诗集，任市作家协会副主席，是个专业作家，我很想去拜访他。我把想法告诉了儿童文学作家姚友爱老师，姚老师爽快地答应了。

1983 年春天的一个傍晚，我和姚老师来到位于凯旋中路市委家属院李志老师家中。个子不高的李老师非常和蔼可亲，他请我们坐下，又给我们沏了茶。姚老师介绍完我的情况，我便掏出档案袋中抄在稿纸上的几首诗请李老师指正。房间里光线不好，李老师起身打开写字台上的台灯，认真看了起来。他拎着笔，直接在稿纸上圈圈点点，并指出诗作的优缺点。最后他对我说，一定要写自己熟悉的生活，把别人想写而没写出来的东西写出来，得到大家共鸣认可的作品就是好作品。他还说，文学作品应带给人温暖、希望和美好，它不是对生活阴暗面的复制，而是要把人世间的美好表达出来。我回到家后，兴奋得难以入眠，反复思考着李老师说过的话，深深感动着。

中州中路 135 号，曾对我有着极大的诱惑。在这里，洛阳作协原主席张文欣、艺辛，及在我市作家群中有一定影响的作家刘金魁、孙建邦、乔仁卯等作家、诗人都在此工作过。这里办公条件虽然简陋，对于我市作家而言，却是个神圣的地方。他们在这里谈文学、谈人生、谈创作，并以组织采风、作品研讨、评奖等方式团结作家、鼓励创作，让作者们汲取营养、收获激情、不断地成长和进步。当时那种无私的关怀和自然朴实的情感，至今想起仍让我倍感温馨。

在他们的帮助下，我于 1982 年加入洛阳市作协，1993 年加入河南省作协，2007 年又加入中国作协，这些成绩的获得与作协的引领和无私帮助分不开。

翻阅我发表在报刊上的作品，同样也记录着我在文学创作上的成长历程，从最初的稚嫩到逐渐成熟。在我的文学作品中，也蕴含着祖国发展的身影。以铁路机车为例，我的作品里，由起初抒写讴歌蒸汽机、内燃机、电力机车，到如今领跑世界的高速铁路，字里行间，无不跳动着时代发展的强劲脉搏，让自己，让读者，都能深切感受到祖国快速发展的轨迹以及祖国日新月异的巨变。

回顾洛阳市 70 年来的文学路程，可以说，作家们的作品不同阶段有不同阶段的风格和经历，这与我国的发展形势密不可分。共和国成立后的前 30 年，作品因受时代的影响，塑造的主人公形象大多刚烈、无私、憨厚，也就是所谓的“高大全”，呈现了那个年代国家的整体风貌。改革开放以来，洛阳市广大作家继承优良文学传统，学习借鉴国外优秀作品的创作经验，不论是作家队伍，还是作品的数量和质量，都有了大幅提升——获奖作者及在国家级报刊发表作品的数量明显提高，加入中国作家协会的人数也在不断突破。但是，我们还要认清差距，克服浮躁心理，潜下心来打造精品力作。

对洛阳市广大作协会员来说，作协既担负着扶持他们成长的责任，也是他们温馨的家园。从当年的中州路 135 号，到现在古香古色的作协驻地建安门，作协会员们在这里进行文学讲座、研讨和交流，作协想方设法给作家们创造条件，让大家真切地感受着作协大家庭带来的温暖与依靠。

洛阳市作协与共和国同岁。对作协来说，70 岁是成熟而又最具活力的年纪，愿洛阳市作协在努力前行中，不断砥砺奋进，步步留痕，始终坚持文学人的理想和信念，挥洒诗意，放飞梦想，展现新风采、新作为，坚守好这一方精神家园，谱写洛阳文学更加绚丽的篇章。

诗人与酒

一部中国文学史，让酒灌得充盈着血性。在中国古代，诗人与酒的关系是十分密切的，这大概是因为诗人骨子里的刚性与酒的烈性是相通的吧。

酒与诗人的关系可谓源远流长，翻阅中国诗歌史的章章节节，随处散发着扑鼻的酒香。诗酒一家，亲密无间，有诗无酒，显得乏味；有酒无诗，也觉索然。且不说曹操的“对酒当歌，人生几何”，也不说苏轼的“明月几时有，把酒问青天”等脍炙人口的诗和故事，单是一部全唐诗，要从中找出与酒有关的诗句，也是俯拾皆是。唐代李白、杜甫、白居易三大诗人都写有大量与酒有关的诗，据统计，李白200多首，杜甫300多首，白居易多达500多首。“李白斗酒诗百篇”是众所周知的，但杜甫嗜酒不亚于李白，两人感情深厚，有酒同醉，有被同盖，携手同游，“醉眠秋共被，携手日同行”。晚于李杜的白居易是个醉吟先生，由于家道富裕，他喝酒比李白、杜甫容易多了，而且喝的多是美酒。有诗为证：“绿蚁新醅酒，红泥小火炉。晚来天欲雪，能饮一杯无？”写得多诱惑人啊！有感于此，台湾诗人洛夫曾说：“要是把唐诗拿去压榨，至少还会淌出半斤酒来。”李白被誉为诗仙、酒仙之名可谓当之无愧，他哪一天不痛饮几杯？杜甫即便后来穷困潦倒，还是写出了“酒债寻常行处有，人生七十古来稀”的名句。

酒在诗歌中往往表现出许多种功能。“花间一壶酒，独酌无相亲。举杯邀明月，对影成三人”，李白借酒与明月清影共饮，想用一醉忘却心中忧愁苦闷和孤独寂寞。杜甫连自己的温饱问题都解决不了，却还一心想着“安得广厦千万间，大庇天下寒士俱欢颜”。他似乎应该是一个满腹忧愁的人，不曾想也写出了“肯与邻翁相对饮，隔篱呼取尽余杯”。晚唐杜牧《江南春绝句》中有“千里莺啼绿映红，水村山郭酒旗风”。在令人心旷神怡的画面中，酒旗的飘舞不仅给人以视觉的动感、家的气息、家的味道，仿佛也在引诱着游赏山水的人们，在饱览如画的风景时不要忘记饮酒助兴。唐朝诗人王翰喜纵酒游乐，豪放不羁，诗风壮丽酣畅，他的“葡萄美酒夜光杯，欲饮琵琶马上催”描写了边塞军营中的疆场豪饮场面。诗中的酒是西域盛产的葡萄美酒；杯，相传是周穆王时代西胡以白玉精制成的酒杯。遗憾的是，正要开怀畅饮的时候，马上的乐队已经弹起琵琶催人出发了。

陶渊明端起酒杯就远离了凡尘，置身在先于他 100 多年的竹林七贤弹奏的韵乐之中。在那激扬的生命乐曲里，他相识了以酒以诗为命的七贤之一刘伶。常于醉眼蒙眬中，恍惚看见刘伶出门带一壶酒，叫随从带一铁锹，说“死便埋我”。陶公竟拍案叫绝，引为知己。陶公“性乐酒德”，有时陶公做东，在席上喝酒先醉，便向客人说：“我醉欲眠，卿可去。”他性嗜酒，饮必醉。朋友来访，无论贵贱，只要家中有酒，必与同饮。饮酒之后，或独对明月的清辉，常常抚弄无弦之琴。他称“但识琴中趣，何劳弦上声！”台湾诗人林清玄，更是“煮一壶月光下酒”，尽现文人清丽风雅。他总结出饮酒哲学的三种境界：“准备许多下酒菜，喝得杯盘狼藉，是下乘喝法；几粒花生米，一盘豆腐干，和三五好友天南地北，是中乘喝法；一个人独斟自酌，举杯邀明月，对影成三人，是上乘喝法。”对于上乘喝法，林清玄自有心得：春天的时候，可以面对满园怒放的杜鹃细饮五加皮；夏天的时候，在满树狂放中痛饮；秋日薄暮，用菊花煮竹叶青，人与海棠俱醉；冬寒时节，则面对篱笆间的忍冬花，用蜡梅温一壶大曲。他甚至提出无物不可下酒，甚至诗词也是上佳的佐酒菜。

离别从古至今都是最为伤情之事，这个时候便需要有人来慰藉自己，以去感伤之情。李叔同的《送别》写道：“长亭外，古道边，芳草碧连天，晚风拂柳笛声残，夕阳山外山。天之涯，地之角，知交半零落。一壶浊酒尽余欢，今宵别梦寒。”至于写离情别绪的绝唱，那就当属柳永的：“今宵酒醒何处，杨柳岸，晓风残月。”不仅将依依不舍的伤感吐露出来，更表现出词人心中千种心酸、万般离痛，想以醉酒来忘记这离别之痛，无奈醒来却是杨柳岸堤、晓风残月。举杯把盏之际，一首首精美的诗裹着酒香从心中涌出，交汇成中国古代诗酒文化的美妙乐章。

从生命哲学的角度来看，诗和酒都是实现生命价值的手段和路径，而让人从理性教条、名缰利锁、生活压力、社会法则中解脱出来，恢复自然天真的人性本色，表现人生的真实价值和意义，才是艺术的终极目的。但是，没有天马行空式的豪饮不羁，没有率性而为的英雄本色，没有淡泊名利的潇洒风姿，没有蔑视权贵的豪迈气概，怎么能够进入自由奔放的审美境界？古罗马诗人贺拉斯说：“不喝酒的诗人写不出千古流芳的好诗。”托穆尔也说：“若用清水斟满酒杯，你永远写不出千古绝句。因为酒是诗人的骏马，跨上它，可以遨游寰宇。”

第五辑　春天写意

牡丹的魅力

生在洛阳，长在洛阳，对洛阳的牡丹自然情有独钟，有着深刻的记忆。

牡丹花会已经举办 30 届了。30 年来，牡丹在河洛大地上，为千年帝都的洛阳打开了一扇走出去看世界的大门，也为洛阳注入了源源不绝的活力。由于工作关系，自第一届花会开始，我几乎年年都要陪同远方的朋友去观赏牡丹，有的朋友曾多次到洛阳来，真切地感受到了洛阳日新月异的变化。

牡丹，在洛阳有着悠久的栽培历史，“洛阳牡丹甲天下”千古流传。牡丹并非洛阳独有，何以“甲天下”？宋代诗人欧阳修说得好：“洛阳地脉花最宜，牡丹尤为天下奇。”科学研究也表明，洛阳一带的土质含有大量火成岩微量元素，这些微量元素十分有利于花木的生长，这为欧阳修所说的地脉做了最好的注脚。

每年春天，牡丹被春风唤醒，洛阳“满城尽是牡丹花”，那一簇簇、一片片的牡丹花疏密有致，“花开花落二十日，一城之人皆若狂”。牡丹开得热烈，开得豪放，开得让人深深陶醉。

四月是牡丹花盛开的季节，在公园里、街道边，牡丹没有辜负人们的厚望，如痴如醉地盛开，五彩缤纷，华美典雅，让所有的赏花者心花怒放，大饱眼福。这个季节，好像所有的花朵商量好了似的，把展示美的舞台全让给了牡丹，虽然四月的春风还带有丝丝凉意，各色牡丹却早已按捺不住绽放的欲望，争先恐后，纷纷盛开。有的花冠层层叠叠，态如贵妃醉酒；有的情如少女怀春，含苞待放，羞羞涩涩。在街道，在社区，在公园，满城的牡丹一株株、一团团、一片片，如燃烧着的云霞，漫天席卷而来。粉色的娇艳欲滴，白色的高贵典雅，黄色的温润华贵，那挺直的腰身分明是牡丹仙子的身躯，端庄、高贵、温柔。

走在四月的洛阳城，扑面而来是牡丹的芳香；摩肩接踵的是花样的脸庞；这可忙坏了小蜜蜂们，它们旁若无人地在花丛中尽情地舞蹈，高贵的牡丹和蜜蜂好像达成了某种默契，向蜜蜂敞开了胸怀。

四月的牡丹，姹紫嫣红，微风过处，满城芬芳。四月的牡丹节，是洛阳的节日，中原的节日，也是中国的节日。

四月的花香，丝丝缕缕沁人心脾。四月的牡丹，似春天的请柬，邀来了八方宾客。不同肤色的国际友人远道而来，为牡丹兴奋，为牡丹陶醉，为牡丹喝彩，为牡丹放歌！

牡丹在春风中绽放光彩，她雍容华贵，仪态万方，尽情挥洒着自己特有的美，并用自己的美装点着大地，装饰着人们的梦境。赏花的人中，有手牵着手的情人，有相濡以沫的老人，不仅看花，同时也看如花的人。流连处，沁人心脾的芳香盈满了发间足下，噼啪噼啪的相机声不绝于耳，谁知道定格的那一朵花与今生遇见的这个游人曾经有过怎样的情缘。

四月的洛阳，风含情，人看花，一花一世界，一花一故事，一花一风情。人们把洛阳比作一块锦绣，而牡丹就是锦绣上的那朵花。很多到洛阳赏花的朋友都对牡丹的美赞叹有加，褒奖不已。但也有留下遗憾的。

杭州的一个朋友因工作脱不开身，去年来到洛阳时，花会已接近尾声。当我陪他来到牡丹园，望着枝头寥寥无几的牡丹残瓣和落英满地的花瓣，我怜惜不已。我问他是不是很失望，他说：能走进牡丹园已经很知足了，牡丹虽然凋谢了，可我还是感受到花开时的热烈和别具一格的神韵，感受到盛开时“一城之人皆若狂”的景象。由牡丹我联想到人生，有人感叹牡丹花期太短，感叹牡丹凋谢时的凄寂，的确，这是谁都无法抗拒的宿命。牡丹生长的季节是冬天，在严寒的季节里，她汲取大地的营养，用一年积蓄的力量绽放自己的精彩，不在乎盛开的时间长短，只在乎盛开时的质量。20 天，花开花落，来去匆匆。她以自己绽放的热情，赢得了人们对她的尊重。其实，我们的人生也应该像牡丹花一样，努力绽放出最美的光彩。

人生若花，漫长的是岁月，短暂的是人生，越是美的东西往往越容易消逝，宇宙从混沌初开到现在已有亿亿兆兆年的历史，如果以它来计算，那么人类数千年的文明史只不过一年的几秒钟而已，是可以忽略不计的。然而牡丹是无愧的，她之所以赢得人们的赞誉，与她的努力绽放、灿烂盛开、最佳的状态和馥郁的芬芳有关。她之所以获得了观赏者的认可，便也在情理之中了。因为她已经盛开在每一个观赏者的心里，成为永久的记忆，被人们珍藏在最美的回忆中。

心中的葵花

葵花也叫向阳花，是我童年时最喜爱的花，可以说，她陪伴着我长大。20世纪70年代，我们国家还很贫穷，再加上那场史无前例的运动，养花植草看起来是一件很奢侈的事情，最要紧的是可能因为充满小资情调而不合时宜，甚至被扣上“帽子”。至于那些名贵的花花草草，别说是在农村，即使在城市里，也是难得一见的。

直到现在，每每看到乡间的向日葵，我的心底便会徐徐升起一种深深的感动。斜阳的余晖辉煌漫天，覆盖着那浩大而有序，如同冠戴了黄金盔甲的阵容，那昂首的金黄，那威仪的绿叶，一行行，一排排，如列队的士兵伫立乡间，又像统一着装的女子，怀着同样的心事，以同样的姿态、同样的队形，如梦似幻般成为大地上一道最醒目的景象、最亮丽的风景。

秋天到了，葵花籽盘开始上市，它们被“砍了头”，堆在农家的人力车上，隆起得像个小山坡。此情此景，我又忍不住回到了记忆当中。那时，葵花熟了的时候，乡下人只用装上几个放入竹篮里，随便往胳膊上一挎，或是夹在一辆破烂的自行车架子上往城市的街边一站，就能换到城里人的几个钱。城里的人对葵花籽很是稀罕，围上来左右一问价，便能达成交易。倘若被孩子们见到，连眼睛都好像“饿了”，立马就要抠出几颗来喂饱“馋虫”似的。若是大人真的为孩子“如愿以偿”地买一个“盘子”，那孩子就很有些“份儿”了，一边捧着走路，一边嗑着瓜子，肯定是要尾随几个并不十分讨厌的“跟屁虫”。你尽可以很是豪气地“赏赐”他们几颗，然后再发布几项号令，别提多神气了！

那时候，我家后院闲置着一大片空地。每到春天，大人们开始播种的时候，我就会和小伙伴们不约而同地在这片空地上深深浅浅地刨上几下，再煞有其事地播撒下一些种子。当然，我们播撒得十分随意，也绝非是大人们的授意，纯粹是我们小孩子寻找到的一种乐趣，顺便也是为了满足自己心理上对馋嘴零食的小小期待，何乐而不为呢？再加上向日葵“向太阳！向光明！”，象征的是那个时代最崇高的寓意，金色的花朵更是表达了对伟人无比的礼赞和敬仰，不用担心谁会把它们当作“毒草”给铲除掉。

向日葵长得既快又高，就仿佛我们身边整天比个子高矮的兄弟。也最数她的花盘既大又好看，也不用我们这些贪玩的孩子们怎么去照顾。向日葵的生命力是极强的，种子一旦埋进泥土里，过不了多久，便会“苏醒”，几天以后，就生根发芽。每一天，都似乎能看到小院里的向日葵在长高。如果隔上几天不去瞧上它们一眼，当你忽然注意到它们那宽大的叶子在风中交错曼舞时，定会有一点小小的惊诧。日子一天天就那么散漫地从田间地头溜走，又在不经意间，突然绽放出美丽的笑脸，迎着太阳的热烈而无比灿烂，俨然化身成了一群英姿秀丽的少女，一个个亭亭玉立，婀娜多姿地昭示着越来越多的吸引力。那美丽的向日葵幸福地面向阳光，灿烂着我们心中日益升高的梦想……

向日葵，那金黄的花瓣，圆圆的花盘，洋溢着映满脸颊的无限容光。

金黄，金黄，还是金黄，那是一种冲击视觉的幸福的染料，把整个世界染得那么愉悦饱满！

向日葵花朵盛放灼灼，开得大方，开得热烈，顽强而执着地始终面向阳光的一面，像一些执着的人，把一切价值和存在孕育在不懈的追求之中。收获了向日葵，就仿佛收获了一个金灿灿的梦想，并在那个梦想里生出新的期待。

葵花在我心中开得那样美丽，于是我突然想到一个关于葵花的传说。

克丽泰是一位水泽仙女，一天，她在树林里遇见了正在狩猎的太阳神阿波罗，她深深为这位俊美的神所着迷，疯狂地爱上了他。可是，阿波罗连正眼也不瞧她一下就走了。克丽泰热切盼望有一天阿波罗能对她说一说话，但她却再也没有遇见他。于是，她只能每天注视着天空，看着阿波罗驾着金碧辉煌的日车划过天空。她目不转睛地注视着阿波罗，直到他终于无可拦阻地下山。每天，她就以同样的期待、同样的姿态呆坐着，头发散乱，面容憔悴不堪。终于盼到日出，她便仰望着天空，眼神一刻也不离开太阳。后来，众神怜悯她，把她变成一朵金黄色的向日葵花。她的脸儿仰成了花盘，永远面向着太阳，幸福地追随太阳的方向，诉说……诉说……向他诉说她永远不变的爱情……她对爱的不懈追求，让无数人为之感动……

后来，我知道向日葵还有着非常广泛的用途，是一种名副其实的神奇的植物宝贝。最主要的是在食品方面，用上一点葵花籽当原料，或者直接撒在面点上加以点缀，就可以为美食提味不少；或是从中提炼出的葵花籽油，不但营养丰富，而且富含亚麻酸和维生素 E，据说抗氧化的效果不错，其品质在油品家族中可以称得上出类拔萃；还有那么多的叶子，当然也一点儿不会浪费，那可是家畜尤其喜爱的饲料；葵花竟然还可以做成燃料等，仿佛欲将它向阳吸收的太阳能量全部转而奉献给我们人类似的！这就是向日葵，与我们的日常生活息息相关，是一种和人类相当投缘又十分亲近的美丽植物，也算不枉了我们对她的钟爱。秋日那喜悦的阳光下，远近大片的向日葵金灿灿地朝向阳光，既各自独立，又连成一片波浪。在目光的久久凝视里，那片波浪又一次匀染着我的思绪，生动着我无边的想象……

“更无柳絮因风起，唯有葵花向日倾”，葵花这向往光明之花，给人带来多少美好的希望与遐思啊！

是的，心若向阳，无畏悲伤，做一朵仰望光明的葵花多好！那么联合世界上更多的微笑吧，让心中的阳光照亮更多。

品茶与养壶

朋友送我一把宜兴紫砂壶，这壶大小适手，质地细腻，壶身的图案构思巧妙，几片鲜嫩的竹叶栩栩如生，并附有高人钤记，不论陈设把玩，还是用于冲泡，都是颐养性情的雅事。我如获至宝，爱怜有加。得到这把壶后，我先小心地用牙刷将新壶内壁的细砂刷干净，然后，将它放在没有异味的冷水锅里浸煮，除去土腥味和生涩气。因这把壶扁而胖，我便用它来冲泡绿茶。因为绿茶比较娇嫩，身扁而口大的壶有利于热量散发。因长时间的泡养，壶面幽然发光，使壶看上去有一种温润之感，给人一种古朴而清雅的感觉。朋友们见状，纷纷夸赞此壶养得不错，而我却认为，人养壶，壶亦养人。

真正的养壶不是擦，也不是洗，而是用茶水泡，用茶水的色香味长时间地沁润，久而久之，茶质和壶质便会合而为一，仿佛茶之魂、壶之精融为一体，你中有我，我中有你，再也分不出你我了。

平素喜茶，而我的饮茶经验是，一把茶壶专门冲泡一种茶，这样壶用久了，就有了属于自己的味道，或者说形成了自己的性格，但无论怎样养壶与泡茶，养壶都是很单纯的，绝对不能有丝毫的功利在内。养壶者的最终目的，是借养壶来养自己，即修身养性，洗却壶身上的浮躁气、世俗气、烟火气。借壶来陶冶性情，陶冶身心。

在人生的驿路上，我们奔波得太累了，陷入红尘也太深了，借一壶茶，洗濯满身的征尘，让一颗世俗的心重新变得柔软起来，变得清闲起来。清明前后，新茶采摘，我品尝绿茶，感受一番田园山坳的气息和大自然慷慨的给予；盛夏来临，蝉鸣不已，溽湿燠燥，我就喝乌龙，将通体烦热逼出，虚火压下；金秋时节，秋高气爽，落木萧萧，我便重新品味绿茶，追忆一下春的清新，润肺清肝，名目降火；寒冬腊月，北风呼号，我一边读书，一边品茗红茶，一壶在握，暖手暖心，随时添水，反刍读书偶得，感悟生命真谛。

品茶是一种由外而内，再由内而外的修身养性。从容慢品，推开人生的另一扇窗，美丽愿景悠然呈现。

饮茶是高雅的精神享受，是陶冶情操、表达志向的手段。茶是灵魂之饮，喝茶可以喝出天光云影，让人心旷神怡，也可以洗去浮华躁烈、心灵阴影。有人曾说过："在一杯浓浓的苦茗中，好像蕴藏着五千年的历史文化。喝茶不能性急，不能作牛饮，像没法一下子了解中国几千年的文化一样，需要慢慢地品尝体验。"

茶壶冲泡后，可以用一块柔软的湿布轻轻揩抹壶身，或用滚沸的茶汤浇在壶盖遍及壶身上，经过时间的神奇效应，包浆自然会积淀生成。喝完茶，小心把爱壶里的茶叶倒出来，这是对茶壶的爱与呵护！隔夜茶叶一旦发酵变馊，异味渗进壶壁，就再也无法清洗干净了。

养壶还要特别注意的是，茶壶不宜接触油污，茶为清淡，油为肥腻，二者水火不容，相互抵触。如果壶内沾染了油污，茶味几无可品之处，费尽心力所养的壶也会前功尽弃。

养壶不可刻意为之，不能为养壶而养壶，而应顺其自然，在不经意的时光流逝中，获得一份生活的积淀、思考的逍遥。一杯清茶，一把茶壶，浓淡自得，将会把一个个看似平常的日子，炮制得更加有情趣、有滋味。

春天写意

又是一个诗意盎然的春天。

冬夜在晨曦中消逝了踪迹，冰雪在清风中失去了面影。我们有着比鸟翼更轻快的愿望，离开城市，来到放飞希望的原野，让心灵在春风的吹拂下复苏。

春的脚步太轻柔了，当我们感觉到时，三月的原野已是满眼的绿了。绿色是生命的颜色，是青春的颜色！绿色的原野寄托着人们多少美好的梦想和期盼啊！

那被鸟鸣喂绿的枝条，那被春风吹开的花朵，那被春雨染绿的小草，使人间充满了生机和活力，它们努力装扮着春色，连一点点余香或者余美都不会为自己留下。她们把缤纷的色彩和浅浅的芳香，毫不保留地奉献给大地，奉献给所有愿意把心灵贴近这片热土的崇尚真善美的人们。而那夹在书页中的秘密和深藏在心底的遗憾，此刻也在苏醒。

我们远离喧嚣，静静地感受轻风的吹拂、阳光的照耀，接受大自然丰厚的赐予；我们无拘无束，尽情地欢呼、歌唱，在大自然的怀抱里放纵自己，把对春天的一腔恋情挥洒得淋漓尽致。

走在浓浓的春意里，走在这新鲜、温柔、甜蜜、生动的春光里，心中一遍遍地赞叹着这熏人的春风，感受着醉人的春意，真有种说不出的畅快！

春姑娘用纤纤的素手擦洗我的面颊，积淀在心中的尘垢被荡涤得无影无踪，丝丝绿意爬上心壁，多么的温馨，多么的畅快！伫立原野，我的双眸装满了粉红色的桃花，装满了嫩绿的希冀！我深深地陶醉在春天的原野里。

我赞美春天，更感叹春天的悄然和匆匆。“人生易老天难老”“惜春常恐秋节至”，大自然的春天是循环往复以至无穷的，而人生的春天却转瞬即逝，这便只能是人生的遗憾和无奈了。

采一枝野花，采一丝春色，我被大自然的秀美感动着。我放飞思绪，让眸光悠闲地在旷野中漫游。

让我们珍惜春天，珍惜这春阳下的愉悦吧！

面对春天！我将用饱满的激情去讴歌、去填色！

真实而梦幻的月亮

每年中秋，我都会抬头仰望夜空，那圆圆的一轮明月牵动着我无限的情思。

在大自然的景物中，月亮是最富有梦幻色彩的。从古至今，无数文人墨客都曾有过“举头望明月，低头思故乡”的乡愁，也曾有过“月如钩，寂寞梧桐深院锁清秋”的不尽幽思。他们仰望月亮，总有诉不完的相思情，解不开的故乡意，抒发不完的感慨。月亮的确很容易引发人们的联想，一轮满月，让人联想到美好圆满的生活；一钩残月，让人联想到还在成长或不尽完美的新事物；而皎洁的月亮，又会使人联想到光明磊落的品格……总之，面对月亮，人们总有抒发不尽的憧憬和愿望。

九月的风，为人们送来了一个传统的中秋佳节。时值三秋之半，月亮最圆最明，古人以圆月作为亲人团圆的象征，故又名“团圆节”。祈盼亲人团圆，期待故人相聚，这是人人都怀有的一种美好愿望，人们期盼着日子都像圆圆的月亮、圆圆的月饼一样，没有残缺，没有遗憾。然而，理想很丰满，现实很骨感。古人当然也明白这些，因此，常常望月兴叹：

"人有悲欢离合，月有阴晴圆缺，此事古难全。"是啊，别说人间，就连天上尚且如此，牛郎织女一年也只能在七夕时相聚一次，而孤苦伶仃的嫦娥似乎更悲惨，她一年又一年遥望着后羿，几千年来守候在冷冷的月宫里，只能苦苦地相思、苦苦地等待。唐代诗人李商隐的诗歌《嫦娥》，深刻地表现了嫦娥的寂寞和悔恨："云母屏风烛影深，长河渐落晓星沉。嫦娥应悔偷灵药，碧海青天夜夜心。"相传，嫦娥是神射手后羿的妻子，后羿为了长生不老，从王母娘娘那里请到长生不老之药，他不曾想到的是，嫦娥偷食仙丹后飞往月宫成仙了，在月宫里过着无边的寂寞生活。

还有另一个版本，说嫦娥是一个美丽善良的村姑，为了拯救爱人后羿与苍生，勇敢吞药而升月。

当然，这些都是传说，而我宁愿相信后者，美好的爱情往往能温暖一颗孤独的心。

嫦娥奔月的远古神话，在我国几乎家喻户晓，人人皆知，被称为我国古代十大爱情故事之一。千百年来，国人依然延续着中秋节做月饼供嫦娥的风俗。一幅嫦娥奔月图，足以说明世人渴望团圆的迫切愿望。自古以来，在无数文人雅士的心中，月亮都是情感的寄托与写照。它总能给人无限想象的空间。

相对于文学作品的虚构、夸张和想象，科学是严谨而又神奇的，它能把无数的不可能变成可能，把一个个美好的梦想变成现实。月亮，这个千百年来被人们想象成为有仙子、有玉兔、有整日不停地伐桂的吴刚的星体，经过科学探测后，得出的真实结论是，其实月亮只不过是某年某月因两个天体相撞而诞生的一个星体，与其他星体的形成如出一辙。这个由人类编织的美丽神话，被科学家一层层揭秘，展现在世人面前。当月亮被人们揭开神秘的面纱后，对月亮寄予了幻想的人们似乎再也没有了遐想的空间。这个被人们赋予了浪漫色彩的月亮，在科学家眼里，只不过是地球的一颗行星而已。科学是无情的，它粉碎了人们想象中的那份美好。数千年来，诗人与月亮，像是一对难舍难分的情侣，明月成就了无数诗人，无数的诗人也同样成就了明月。著名作家鲁枢元说：“月亮的存在恐怕不仅在于给人照明，在中华民族的文化心理中，月亮，早已成为诗性的东西，一种审美的意象，一种心理原型。”诚哉斯言！

儿时，受吴刚伐树、嫦娥奔月、玉兔捣药的诱惑，在中秋月圆的时候，总会和一群小伙伴聚在一起玩耍，许多的夜晚是在月光的诱惑下度过的。“月亮地，明晃晃。”那时的月亮，把夜晚照得如同白昼。我们曾做过一个实验，在月光下拿起课本，能看清书本上的字，这可能与那时我们的视力以及空气质量有关吧！有时大家玩累的时候，会一起抬头仰望月亮，或是在月亮下面玩耍、做游戏、听大人们讲故事。有时，我们会望着月亮产生无边的遐想。其实，月亮给我们更多的是变幻莫测的梦幻、传说和故事。记得有一次，一个同伴仰着头对大家说，大家快来看啊，那不是吴刚在伐树吗？许多同学扬起了头，都“是啊，是啊”地应和着。我暗暗怀疑我的视力，因为我的眼睛都望酸了，也没看清楚吴刚和玉兔在哪里。当我提出质疑时，遭到了伙伴们的猛烈抨击。打那以后，每当伙伴们再仰望天空，说看到了月亮上面的嫦娥或是什么时，我都会保持缄默，以免再遭到讨伐。然而，当我独自望着浩瀚星空的时候，我常常是迷茫和困惑的，除了感到人类的渺小外，有时甚至还会有些恐惧，我的大脑里常常生发出许多疑问：人类从何而来？又将向何处去？茫茫宇宙，无边无际，究竟有没有主宰者？我百思不得其解。

随着年龄的增长，我渐渐明白，地球每天自转一圈，对人类来说相当于每天行程 4 万公里；同时，地球又以每秒 30 公里的速度绕着太阳旋转，对人类来说，又相当于每天行程 260 万公里；而太阳系又以每秒 250 公里的速度绕着银河系旋转……地球就这么周而复始不停地旋转着。又有谁知道，这个没有出生证明的地球，有一天会把人类抛到哪里？我曾无数次注视过蓝天、大海、戈壁、草原，它们辽阔浩瀚，而每当我仰望星空时，心胸就会变得更加畅快和开阔。它们能给我带来无限的遐想。在星空的笼罩之下，仰望天空，仿佛在与外星人约会，在与上帝对话。此时，我能感觉到天地的宽广、人生的短暂和渺小，能感受到时空的流逝、万物的生长，仿佛还能听到大自然的天籁之音从远古的岸边徐徐飘荡而来，在耳边久久回响。

的确，天空再神秘不过了。这也引发了无数仰望天空、探索科学奥秘的人们执着地探索与发现。1965 年，著名科学家、诺贝尔物理学奖获得者费曼还在康奈尔大学任教。有一次，他在餐厅看到一些人把餐盘旋转着扔向空中，盘子像飞碟似的快速旋转着、飘荡着。这一幕突然引爆了他的思维，他发现位于盘子边沿的康奈尔校徽转动得非常快，这点物理常识没有逃过善于观察的费曼的眼睛，可惜，当费曼把计算结果告诉同事时，没有一个人对此表示出兴趣。费曼并不止步，由盘子的转动，他想到电子围绕着原子核旋转的情形，再想到电动力学，接着又联想到微观世界的量子电动力学。科学灵感的触发机制同诗人灵感的产生是一样的，从来只可意会不可言传。具有上述全部优秀科学品质的庞加莱，特别为之写过一篇题为《数学发现》的文章，据他说，数学是诞生的，不是制作的。那么，数学又是怎么凭空诞生的？其结论同诗人一样，靠的是直觉。

阿波罗登月不仅是两个美学概念的碰撞发光，也是科学技术的催化剂与推进器！这同中国的嫦娥奔月是文学创作的催化剂、推进器一样。中国古典文学为嫦娥费过多少心思，花费了多少笔墨？人类飞天的梦想，可以肯定地说是人类注视天空的结果。人类有别于动物的重要特征，应该是人类能思考、有思想。而人类之所以伟大，就是在于敢向陌生、神秘、未知的领域发问和探索。1957 年，苏联的第一颗人造卫星上天，拉开了人类寻找新家园的序幕。阿波罗载人登月工程是美国国家航空航天局在 20 世纪六七十年代组织实施的载人登月工程，或称阿波罗计划，工程开始于1961年5月，至1972年12月6次登月成功，共有12名航天员登上月球，实现了人类的登月梦想。“我在月球上迈出的一小步，是人类迈出的一大步。”这是第一个登上月球的宇航员说的话。

岁月在流逝，火箭在升腾，科技在发展。如今，许多“神话”都被科学揭秘，被人类的探月之旅所打破。我国以嫦娥命名的探月工程，通过科学的手段去奔月，到月亮上去，已不再是梦想和传说，“航天人的每个脚印，远比总统伟大”。

的确，登上月球是人类探索太空迈出的可喜一步。

毫无疑问，诗歌是文学桂冠上的明珠，是文学长廊上最炫目、最独特、最具魅力的瑰宝，月亮在中华文化中被赋予了丰富的内涵和想象。千百年来，许多诗人都与月亮结下了不解之缘，月亮成为诗人抒发情感的寄托。在我国第一部诗歌总集《诗经·小雅》里面就有“月离于毕，俾滂沱矣”。后来又有“三五明月满，四五蟾兔缺”（《古诗十九首·孟冬寒气至》），“澄江涵皓月，水影若浮天”（梁·萧绎），“上弦如半璧，初魄似蛾眉”（北周·王褒）等。只要翻开古今诗篇，我们就可以看到月亮下面一幕幕生动的场景。

古往今来，有多少骚人墨客为思乡怀友而对月高歌，有多少才子佳人为思情而望月长叹？单在唐诗宋词里，我们就发现，唐宋诗人几乎无人笔下不写月。月亮成了诗人表达喜怒哀乐的载体。在诗人眼中，月亮是明镜，是玉盘，是金钩，是会哭会笑会走动的人。唐代大诗人李白，几乎三分之一的诗写的是月亮，他表达思乡的“床前明月光，疑是地上霜。举头望明月，低头思故乡”，他饮酒自乐的“举杯邀明月，对影成三人”等，都与月亮相关，月亮使李白的才华得到了淋漓尽致的释放，“我欲因之梦吴越，一夜飞度镜湖月。湖月照我影，送我至剡溪……青冥浩荡不见底，日月照耀金银台”。李白用明月与其他景物描绘出了一幅幅瑰丽的奇景，使人仿佛进入了梦幻世界，仿佛在月夜清光的照射下，飞渡过明镜一样的镜湖。还有金台、银台与日月交相辉映，景象壮丽，异彩纷呈。在李白眼中，月亮是纯洁高雅的象征，他对月亮始终有着诚挚的向往与追求，甚至还要“欲上青天览明月”，由此可见李白对明月之喜爱。而在思乡诗中，诗人望月怀远、望月生情的佳作多如繁星，最著名的当属张九龄的“海上生明月，天涯共此时”，杜牧的“烟笼寒水月笼沙，夜泊秦淮近酒家”。淡雅的水边月色，柔和而幽静。这样迷蒙冷寂的月色又恰恰与诗人要表现的那种声色歌舞、纸醉金迷形成鲜明对比，表达了诗人在这清冷的月色中对国事怀抱忧患的心境。白居易《琵琶行》中的“醉不成欢惨将别，别时茫茫江浸月……东船西舫悄无言，唯见江心秋夜白”，进一步烘托了秋夜送客的萧瑟落寞之感。杜牧的《旅宿》构思奇妙，后四句“远梦归侵晓，家书到隔年。沧江好烟月，门系钓鱼船”，读之使人动容。刘禹锡《望洞庭》中的“湖光秋月两相知，潭面无风镜未磨”描绘出明月皎洁、湖水澄澈清明的秋夜。水与月的结合，给人以空灵、缥缈、宁静的感觉。诗人的心情是愉悦的，因此，他笔下的洞庭湖安静温柔，呈现出一种朦胧的美。崔涂的《春夕》，无一字点思乡，然思乡之情跃然纸上。其中，“胡蝶梦中家万里，子规枝上月三更”成为世人传诵的名联佳句。白居易的《暮江吟》中的“可怜九月初三夜，露似珍珠月似弓”，表现了诗人面对新月初升的景色而流连忘返。在新月的清辉下，冰凉的露珠闪着晶莹的光，而此时悬挂在碧蓝天幕上的新月又恰似一张精巧的“弓”，这“露”与“弓”是多么和谐与宁静啊！李商隐的“沧海月明珠有泪，蓝田日暖玉生烟”，以深蓝色的大海和天上的一轮明月为背景，塑造了鲛人泣泪成珠的形象，这是从民间传说演化而来，同时又有作者的创造。“珠有泪”者，珠光、泪光融为一体，使人怅惘而又联想无穷。

柳永的“今宵酒醒何处？杨柳岸，晓风残月”，这两句是想象今宵旅途中的况味，只见习习晓风吹拂萧萧疏柳，一弯残月高挂杨柳梢头，整个画面充满了凄清的气氛。苏东坡的咏月诗对后人影响较大。同样一轮月亮，在不同的心境下，有不同的展示。“明月几时有？把酒问青天”是他的代表作。诗中的月亮，既有浪漫的感情色彩，又有浓厚的奇思异想，同一轮月亮，在他的笔下气象万千，情态各异，韵味无穷。李白的“小时不识月，呼作白玉盘。又疑瑶台镜，飞在青云端”，短短几句，既写出了满月的特征，又写出了童真的可爱。杜甫的《月夜忆舍弟》中的“露从今夜白，月是故乡明”，所写的不完全是客观景物，而是融入了自己的主观感情，普天下的月亮本无差异，而他却偏要说故乡的最明，而这种以幻作真的手法并不使人觉得情理不合。张若虚的“江畔何人初见月？江月何年初照人？人生代代无穷已，江月年年望相似”，个体的生命，对时间的长河来说，是渺小的，然而人生的意义不正是在这种文化的传承中，如年年相似的江月一般，永远流传吗？更有“千山同一月，万户尽皆春。千江有水千江月，万里无云万里天”，让古往今来天南海北的人们有了共同的心境。“春花秋月何时了？往事知多少。”这是南唐后主李煜《虞美人》中的名句，也是李煜的代表作、绝命词。三春花开，中秋月圆，想到在南唐时欣赏春花秋月的美好日子，因此，不堪回首，怕看见春花秋月。

月光涤荡了世间万物，将大千世界浸染成梦幻一样的银灰色，景物本无情，情自心中生。不同的人仰望月亮，会产生不同的联想，似乎月光是随着人的情绪变化而变化的。天空苍茫，万古不语。从古至今，人类一直为它所吸引、所困惑，也为它所倾倒、所迷醉。那无边无际的天幕上挂满了大大小小的“天问”。当人类的眼睛与天上的星星互相注视时，人类智慧的火花由此诞生。不可否认，科学技术的飞速发展，让一些神奇、美妙的神话失去了神秘。人类探索未知的领域，让一个个千古之谜昭然若揭。而在这一点上，我惊叹美国人的诗性与幽默。根据美国宇航局网站上记录的“阿波罗 11 号”通信档案，1969 年 7 月 20 日，在休斯敦地面指挥中心的罗纳德·埃文斯对太空中准备登月的宇航员说，“有人要你们（在月球上）注意一个带着大兔子的可爱姑娘。在一个古老的传说中，一个叫嫦娥的中国美女已经在那里住了4000年……你们也可以找找她的伙伴——一只中国大兔子。这只兔子很容易找，因为它总是站在月桂树下。”“阿波罗11号”宇航员迈克尔·科林斯立即回答说：“好的，我们会密切关注这位兔女郎。”这段完整录音档案，在“嫦娥二号”飞天的当日，被央视新闻播放。这段录音非常打动人，人类美好的诗性情怀并没有因为科学的探索而失去魅力，说明文学艺术是没有国界的。有时我想，美国科学家的人文情怀洋溢着诗情画意，在登月之前，每一分、每一秒都非常宝贵，他们不是说月球的月貌与地球有何不同，而是想到了中国神话中的嫦娥与她的兔子，这些看似毫无科学价值的废话，在我们心中却是那样美好。

千百年来，月亮成就了一代代诗人，诗人也使月亮更富有传奇色彩。究竟是什么原因，一轮没有生命的明月被无数诗人眷恋？一轮没有温暖的明月让无数诗人神往？是不是千里与共的月光能映照彼此相望的双眼？是不是万里同辉的月光能唤起彼此震撼的心灵？是不是明月的纯洁寄托着诗人的壮志？是不是月空的浩瀚寄托着诗人的胸怀？也许在诗人的眼里，月就是诗，诗就是月。

人类的生存与发展离不开科学和智慧，更离不开精神与情感。无论社会如何发展，我们的那颗诗性的心永不泯灭，我们的灵魂里都应常驻着那份美好。

铃兰

妻爱养花。她退休赋闲在家，逛花市是她最大的乐趣。每逢大的节日，她总会购两盆花草回来。凡到我家来的朋友，看着阳台上、客厅里富有生机的花木，都会啧啧称赞。

五一前夕，妻又从花市购回两盆花，其中一盆植株矮小，椭圆形的叶子，一朵乳白色的花生于花茎顶端，又一起偏向一侧，花朵悬垂若一串铃铛，又像悬挂着的一排编钟。

一天，几个朋友到我家里品茗闲聊，他们对这盆花赞不绝口。其中一个朋友问我此花的名字，我一时哑语，便自我解嘲道，名字其实只是一种符号，我们欣赏的首先是花，家里的花，我大都不知其名。

妻子回到家，我第一时间便向她打听这盆花的名字，得知这盆花叫铃兰。这名字我还是第一次听说。我这人多少有些望文生义，大概是因为它盛开的花朵像铃铛，而叶子又像兰花，因此取名铃兰。妻还告诉我，铃兰的花语是“幸福归来”。她说：在每年的五月一日，法国人一定要做的一件事，就是互赠铃兰，铃兰会让人走运。婚礼上也常见铃兰，将它赠予新娘，预示着新人“幸福的到来”。听着妻子对铃兰的解读，我不由得对妻子另眼相看，她不但养花，还对花了解得这么透彻，着实让我没有想到。

走近铃兰仔细观看，但见一排排乳白色的花朵整齐地偏向一侧，若一串铃铛，每一枝上有七八朵，浓郁的花香盈盈浮动，沁人肺腑，令人陶醉。这是一盆寓意幸福吉祥的花。打那以后，我对这盆花格外关切。

妻要回东北老家一个月，走之前，最放心不下的是家里这些花。她反复告诉我每一盆花的特性及应该如何去养护。我满口答应着，让她尽可放心。我的忙碌以及粗心，妻子最清楚不过了，因此，她再三叮嘱我：第一，保重身体少喝酒；第二，照顾好家里的花。

她一回到东北老家，就给我打电话询问花的情况，我只好耐心回答。放下电话，我心里却不是个滋味。在她心中，花比人都重要。正这样想着，好友的电话来了，约我到山里小住几日。近些天，天气实在炎热，再加上我一人在家，便愉快答应了。去之前，我把家里的花集中到阳台上，认真地浇了水。我知道，在炎热的夏天，应选择早晚浇花比较妥当，且每次给花浇水，一定要浇透。况且，这次我要与好友到山里消夏避暑一周，一定不能让花感到干渴。

一大早，朋友的车便开到了我所在的小区门口，我到阳台上认真地看了一下这些花，每盆都充满生机，仿佛在向我表达着感谢。我曾想到要把其中养在室内的花重新放回原处，但看到湿漉漉的地面，再加上好友电话在不断催促，便打消了这个念头，拎上早已准备好的用品，高兴地离开了家。

山里空气清新，格外凉爽。入住的农家宾馆门前溪流淙淙，蛙鸣阵阵。没了夏天的酷热，我每天早晨都在鸟儿叽叽喳喳的叫声中起床。有时也会想到妻子交代的话，想到阳台上的那些花。在回家的前一天，我又接到了妻子的电话，当她得知我在山中度假一周，花都放在了阳台上时，气得直跺脚。她说，天气这么炎热，家里的许多花都是喜阴凉、怕暴晒的，这下可好，估计不会有几盆活着了，赶快回家。

返程那天，我总希望汽车开得快些，再快些。傍晚，我终于回到了家，一打开家门，便三步并作两步奔向阳台。令我不愿看到的一幕还是出现了，有近一半的花在阳光的暴晒下叶子全干枯了。人怕热去避暑，物亦同人，花也同样怕热怕晒呀，我为自己的疏忽大意悔恨不已，急忙接上一盆水，浇灌这些花草。当我为铃兰浇水时，看到它那宽大油绿若风帆的叶子也耷拉了下来，全没了生机。那一朵朵白色的花全部枯黄、下垂，像一滴滴挂在眼角枯涩的泪。

晚上，妻子打来电话，没有过多的寒暄，直奔主题："阳台上的花还好吧？"当我如实告诉妻子这些花的现状时，妻子半天没有吱声，过了一会儿，轻叹一声，把这些花的拯救措施说了个仔细，我自然听得很认真。

有几盆花任我怎么努力抢救，也未能拯救它们的生命，反倒是这盆铃兰，经过我的精心打理，重新焕发了生机，宽宽的墨绿色的叶子又泛起了昔日的光泽，安静、沉稳、坦然。这让我对它更加爱怜有加。我将这盆花放在书房的花架上。渐渐地，我发现它的根部又有不少新叶抽出，嫩绿而妩媚。

从此以后，在妻子的影响下，我也喜欢上了养花，并买来了养花的书籍。铃兰虽然矮小，但身姿优雅，芳香宜人，还可以净化空气，杀死家中的病菌。铃兰生长地域不大，因此又被称为山中百合，给人以纯洁清新的感觉，如铃兰诞生的忧伤传说一样，铃兰的幸福会来得格外艰难，并伴随着隐约的宿命和忧伤。铃兰的守候似风中星星的叹息，茫然而幽静，只有用心才能感应；铃兰的气质如风中女子坚贞温婉的爱一般纯粹，只有凝神才能感悟。如果你不能从夜风中捕捉铃兰的幽香，又如何能循香而至来到铃兰绽放的山谷？如果你不是倾心守护，怎能刚好在铃兰盛开时走到它的身边？铃兰的守护只为最有心的人，铃兰随风轻叩的乐声只有最爱它的人才能听见。

后记

光阴如白驹过隙，不知不觉间，我已年过半百。随着年岁的增加，我对生命的感悟和体察也愈来愈深，就有许多想要表达的人和事涌至笔端。我特别喜欢在夜幕降临之后，独自囿于书房读书或是写作的感觉。是读书、写作，让我对生命有了更丰富的思索和追问。夜色沉寂而空旷，静谧得可以听到笔尖在纸上“簌簌”的声响，这是我最喜爱的一种生活状态，也是我最渴望的幸福时光。那根植于乡土的童年，以及少年的成长经历和青年时对人生的执着探寻，经常在我的脑海浮现，要想留住岁月和记忆，借助于文字是最好的方式。

喜欢文字的人，往往看淡名利与地位，他们更多的是去追求精神层面的价值。当我一个人静坐桌前，那些快乐、悲伤、幸福的日子，以及难以言说的经历，便纷纷侵入我的灵魂，注入我的笔端。

仰首是春，俯首是秋，不经意间，几十年倏忽而过，岁月在我的脸上刻下深深浅浅的印痕，那是对青春远去的无奈，是被岁月洗尽铅华留下的烙印。有人认为，童年是梦，少年是歌，青年是诗，散文则属于中老年人，这话虽有失偏颇，但多数写作者在潜意识里基本遵循了这个规律。我是靠写诗步入文坛的，那时也就20来岁，正值青春大好年华，对人生、对未来充满了向往。我几乎每天都要写诗，把写诗当成每天的首要任务。而缪斯也给了我丰厚的回报：我的诗歌在《诗刊》《中国作家》《人民日报》《中国诗歌年选》等发表，并多次获得国家和省部级诗歌奖项，其中在《人民日报》发表的诗歌《植树》，还与唐代大诗人韩愈的诗歌一并入选中考试卷。

近些年，我更喜欢散文写作。前不久，我的散文《回望故乡》获得了中国散文最高奖项“第八届冰心散文奖单篇奖”。在冰心散文奖颁奖仪式上，冰心老人的女儿吴青教授拿出冰心1994年7月写下的“得奖，是努力写作的开始”这句话勉励我们，使在场的每位获奖者深受教益。而这本散文集，也是因为获得冰心散文奖的缘故，才得以出版，在此，衷心感谢中国散文学会，感谢凌翔老师。

文学之路，虽然艰辛，但是诱人。我把文学当成一生的情人，事实也正是如此。我从小喜爱文学，如今，半个世纪过去，文学对我的吸引力没有一点减退，我对文学的爱恋和敬畏依旧。

在有些人看来，随着城市化进程的推进，城市里的故事层出不穷，对许多作家来说，是一个巨大的写作富矿。我虽然长期在城市工作与生活，我的目光却从未离开生育我的故土。我的故乡，位于洛河南岸的赵村，村子隶属安乐镇。隋唐时，这里曾是繁华的都市，隋唐遗址就深埋在这片富饶的土地下。唐代诗人白居易晚年曾定居在安乐狮子桥。北宋著名理学家邵雍也选中了这块风水宝地，举家迁居于此，并将宅院提名为“安乐窝”，安乐之名，由此而来。我的祖祖辈辈在这片土地上繁衍生息，这里有我童年一串串的欢声笑语。在这里，我完成了从童年到少年的转变。童年时的故乡景象，总能让我的心灵渐归安宁，那被我储存在记忆深处的麦浪、稻穗、石磨，以及月光下的游戏，浸透了我的思念，蕴含着默默的温情。

记得在2002年，我的第一本散文集《心韵如歌》出版，著名作家李国文老师在给这本散文集作的序中写道："散文，易写难工，它不仅要求语言文字音韵章节的美，要求对待大自然、对待生活、对待地球上所有生命的善，更要求思想感情的真。所以，读好的散文，如在四月的洛阳，看满城绽放的牡丹，得其争奇斗艳的气势，得其国色天香的韵味，得其天生丽质的自然。如果我们用五颜六色的塑料花，堆满城里的大街小巷，效果也许赏心悦目，但是，没有游客会不远千里跑来赏玩的。真善美，真是第一位的，先有真，然后有善有美。真的东西，天然自成，无法装假，而假的东西，无论怎么伪饰，也有矫揉造作的痕迹。"可以说，李国文老师对我的散文创作给予了极大的鼓励和鞭策。

在散文创作中，有人错误地认为，散文可以无节制、无规律地放开来写。我认为，散文写作要听从心灵的召唤，凝视心灵的景观，散文是写真实情节、真实想象的，必须从生命本体出发，虽然它离不开想象，但却是拒绝虚构的。在写作散文时，散文的"中心思想"可以表现的散淡和超然，但它需要用"神"来包裹。每一个段落、每一个句子都是为托举这个"神"服务的。一篇散文，尽管其细节表达很充分，但它的表达若没有节制，语言太过随意，想到哪儿写到哪儿，最后写出来的只能是一篇流水账。因此，散文的散，是在散文创作框架之内的散，绝不能像洪水泛滥。好的散文作品能折射出思想的光辉，给读者潜移默化的教育、引导和启迪，使读者从中获得精神的愉悦。

散文的韵味，不仅是指文字表达的技巧、风格，还指作家人格、个性和散文这种特殊文体所散发出来的一种包括氛围、美感在内的艺术境界。这种对散文韵味的追求，往往体现出作家的写作风格，比如，鲁迅先生的散淡平和，沈从文的轻灵美妙，朱自清的朴实细致，冰心的典雅细腻。而要写出散文的韵味，不是简单地靠文字的雕琢和修饰就可以达到的艺术境界。散文是要与读者交心的，是感情的真挚交流，是作者凭借其思想、意识、品德、修养而产生的。多读、多想、多写，往往是沉淀自己写作风格的重要路径。正因为散文没有定体，其中的艺术奥妙往往更不易捕捉，犹如来去无踪的春风，浪漫无羁的晓雾，要让读者品出其中的味道来并非易事。

这本散文集，有我对故乡的怀念和思索，有我对日常生活中一些片段的感受和感悟，有游历山水的真实足迹，一字一句都是山水之音。

在把这本书交付读者之际，我的内心是忐忑的。在小说、诗歌、散文等诸文体中，或许散文被认为是最容易写的，但我觉得实际情况往往并非如此。散文看似好写，实则不然。散文，因为简单，便更难以装饰，它最直接地呈现出“本质”，最能反映一个作家的水准和心性。不管怎样，我愿用文字在岁月长河中与大家分享，用文字与读者进行精神层次的沟通与交流，也真诚期待大家给予批评帮助。

感谢一直默默无闻关注我的父母和家人，感谢领导、老师和朋友们的关心与支持，你们是我文学创作道路上前行的动力。有了你们，无论文学创作中有多少艰难困苦，每次回首，都是美好和幸福的。

赵克红

2019 年 3 月 16 日

提高现代文阅读和写作成绩的金钥匙

赵克红作品
现代文阅读试题详解

怀念月光

每逢中秋月圆时，我就会思念起儿时的月光。尽管时过境迁，物是人非，但儿时的月亮总是伴着神话和传说，伴着欢声与笑语，在心中明亮着。

那时，许多儿时的游戏都是在月光下进行的，我对月亮自然也就有了深刻而清晰的记忆和感动。在月光下游戏，在月光下玩耍，在月光下尽情地追逐，在月光下丢手帕、扔沙包、斗鸡、捉迷藏，那可真是忘我了。不知谁神秘兮兮地说上一句："我看见月亮上的嫦娥了！"大伙便齐刷刷地踮起脚尖仰头仔细看，都说看到了，看到了，没看到的也说看到了，谁也不愿意因为一句没看见遭受大家的奚落。在我们儿时的心中，嫦娥便真的坐牢了广寒宫。

当满月挂上高高的树梢，我血管里的血液就像听到某种神秘的召唤一般，哗哗地涌动起来。中秋节前，母亲便开始忙碌，为过节准备东西，我印象最深的是蒸枣糕、枣花之类的面点。另外，那时的月饼品种也很单一，多少年从未改变过。那月饼手掌般大小，里边的馅多是冰糖、红绿丝、花生米、核桃仁之类。包装更是简单，用一张黄草纸，一根细细的纸绳，将四块月饼摞在一起包好，便可走亲访友了。

母亲是个非常热爱生活的人。中秋节晚上，她将月饼切成四瓣，再用盘子装上大枣、糖果等好吃的东西，让我们赏月时吃。我们吃过晚饭，便和母亲坐在院子里等着看月亮。记得有一年天黑得晚，我望眼欲穿，夜幕还是迟迟不肯落下，不免有些着急，因为我还要和小伙伴们玩游戏呢，但如果当时出去，便得不到月饼和糖果了，因此只好耐着性子等。终于，当我看到黑黑的透蓝的夜幕下，月亮透过云层向我们走来时，便激动得一下跳着拍起手来，大家纷纷抬起头看着天空中的月亮。母亲这才把月饼分给我们，我拿着月饼便跑出去和小伙伴们在月光下玩游戏去了。

小时候，母亲曾给我讲过很多关于月亮的传说，我和许多孩子一样，对这些传说深信不疑。传说月亮上有玉兔，在乐此不疲地捣药；传说月亮上有棵桂花树，任凭吴刚伐了又伐却永远不会倒下，等等。每当母亲讲到这些时，我总是一边专注地听着，一边不停地点头。

中秋节有据可考始于唐朝，有文献记载则始于宋朝。那时，中秋节的盛况非今日可比。我曾不止一次地思索过，满月之所以能成就一个节日，还有一个重要原因，那就是相对于变幻的尘世，月亮是超越时空的绝对性存在。古人和今人看到的是同一个月亮，普天之下人们头顶上悬挂着的也是同一个月亮，古今中外无数诗人吟诵着的还是同一个月亮。人们通过对月亮的祭拜，与远在他乡的亲友去沟通。农耕社会没有高效的交通工具，更没有电话、手机、互联网这些先进的通信工具，分别和永别常常只有一字之隔。在家书抵万金的悠长岁月，月亮的功能被世俗社会放大为信念，又在满月的浑圆外形之中巧妙地嵌入团圆的寓意，最终把这信念放大为一种流传千年的精神信仰。

月光一泻千里，轻盈纯美，它沉默无语，宛若天使，给人们带来许多美好的记忆。走在城市之巅的月，不动声色，犹如一曲婉约的宋词，在寥寥的星辰和片片厚厚薄薄的云彩的环抱中，一路优雅前行。它走过光明的坦途，也曾穿过幽深的云层；它展示过自己的韵色，也掩饰过自己的光芒；它不疾不徐，不喜不愠；它路过窗台，也越过花丛；它如同一个正在沉思的少女，踩着小碎步，徘徊在我面前，不远不近的距离。然而，令人费解的是，更多的人对此总是熟视无睹、漫不经心，面对大自然丰厚的馈赠，他们却无动于衷。窃以为，这个世界现代化气息越浓，人们便越是孤独，越是忧愁，越是缺失浪漫。如今，物质生活与过去相比愈加丰富了，花样繁多的月饼令人眼花缭乱，我们反而与月亮越来越疏远了，即使月亮就挂在高楼上，也懒得披件衣服下楼或是打开窗户去欣赏，人们枯燥的欲望和退化的味蕾早已忘记了对月光的那份惦念的柔情。与朋友们谈及这一现象，大家的感觉竟如出一辙般认同……

圣洁高尚的月亮，在人们的眼里越来越淡漠，越来越受冷落。城市的灯火把夜晚照得如同白昼，城市的霓虹比满月的光芒还要汹涌许多倍，以至于出现光污染这样的新名词。也许我们可以创造太阳，可以让夜晚更加明亮，但是我们绝对不能失去月亮。

如今，许多城市的中秋节已成为商场和新闻媒体热衷的节日，一个标准的月亮节，却与月亮没有太多关联。这不能不说是人类社会的一种悲哀。人们被鳞次栉比的高楼遮挡了视线，赏月似乎已稀缺成一种奢侈的体验。殊不知，人们在错过了欣赏月亮的同时，也失却了多少快乐，多少美好啊！当我们像候鸟匆匆飞过的时候，也许我们会自认为飞在了时间的前面，但是仔细想想，在永久流动的时间里，逝去的又恰恰是我们自己……

借一片月光，歇息一下自己劳累的翅膀，借一份清纯和宁静，与灵魂进行一番交谈，也许我们会敞开心扉，收获意想不到的惊喜，许多丢失了的美好，便会重新扑面而来！

1.《怀念月光》是著名作家赵克红先生创作的一组散文《回望故乡》中的篇章之一，这组散文凭借构思精巧、文笔优美、感情真挚脱颖而出，荣获了冰心散文奖。读完全文，你能概括一下本文的结构吗？

2. 以第 7 自然段为例，举例说明，本文采用了何种修辞手法，深入挖掘月亮的唯美诗意？

3. 请总结全文的中心思想。

参考答案：

1. 本文可以分为四大部分：

第一部分（第 1 自然段）：作者开门见山，每逢中秋佳节，都要怀念儿时的月光。

第二部分（第 2—第 5 自然段），共分三层含义，讲明为何怀念儿时的月光。第一层（第 2 自然段）：“许多儿时的游戏都是在月光下进行的”。第二层（第 3、4 自然段）：中秋时节，有许多好吃的，令人馋涎欲滴。第三层（第 5 自然段）：“母亲曾给我讲过很多关于月亮的传说”。

第三部分（第 6—第 9 自然段），共分三层含义：对中秋节的考证与思索。第一层（第 6 自然段）：由于农耕社会交通、通信不便，“分别”和“永别”仅有一字之隔。因此，望月思人成为人们的常态。第二层（第 7 自然段）：用优美诗意的文字对满月进行描摹，对现代人在通信发达、生活丰裕之后，却疏远了月亮、无视起月光来深表遗憾。第三层（第 8、9 自然段）：圣洁高尚的月亮，在人们的眼里越来越淡漠，越来越备受冷落，中秋节（月亮节）却与月亮无关。

第四部分（第 10 自然段）：借一片月光，让心扉空灵澄澈，让丢失的许多美好，重新扑面而来！

2．第一种手法，直接描摹：“月光一泻千里，轻盈纯美”。第二种手法，运用比喻的修辞手法：“它沉默无语，宛若天使”。第三种手法，拟人、比喻交互运用的修辞手法：“走在城市之巅的月，不动声色，犹如一曲婉约的宋词，在寥寥的星辰和片片厚厚薄薄的云彩的环抱中，一路优雅前行”“它如同一个正在沉思的少女，踩着小碎步，徘徊在我面前，不远不近的距离”。第四种手法，排比、拟人交互运用的修辞手法：“它走过光明的坦途，也曾穿过幽深的云层；它展示过自己的韵色，也掩饰过自己的光芒；它不疾不徐，不喜不愠；它路过窗台，也越过花丛”。

3．本文通过对儿时唯美月光的深切怀念，抒发了作者热爱大自然、向往田园生活的美好情感。

故乡的回望

故乡，对浪迹天涯的游子来说，是用来怀念的。尽管这些人中不乏春风得意、风光无限者，但仍禁不住会回望故乡。回望过去那些或青涩晦暗或甜蜜忧伤的童年；回望以往那段魂牵梦萦却永远无法回归的岁月；回望那片山水，那块安宁的土地，以及土地上生活着的人们。这抑或也算是对心灵的一种慰藉，即便不能站在故乡的土地上，也要让心灵以另一种方式回归故土。或许，这就是中国人自古以来就根深蒂固的乡土情结吧!

我的家乡与我居住的地方可谓咫尺之遥，那是我真正意义上的故乡，可这些年我却很少回去了。随着时代的变迁，我曾经温馨的家园，以及很多童年的记忆已经失去了色彩，再也无处寻觅。

故乡，是我成长的摇篮、漂泊的终点，是我记忆中永远不会褪色的地方，如今，我却只有用回忆的方式才能抵达童年时的故乡。儿时，记忆最深的是村庄夏日的黄昏。每年放暑假，队里便会安排我和另一个同学去村西边照料那片一眼望不到边的谷子地，其目的是防止成群的麻雀来偷食。起初，我们制作了不少稻草人之类的东西插在地里，可时间一长，便被麻雀识破了，因此一见到麻雀朝谷子地里飞来，我们便会扯开嗓子呼喊，或是拉开弹弓，去驱逐麻雀的侵扰。直到落日熔金时分，我们才会回到村里。

记忆犹新的，总是那一次次在黄昏中的行走，夕阳的光芒洒满了村庄的每个罅隙，彩霞像熔化了的黄金一般从天上缓慢而黏稠地滴落，奇异而灿烂的光芒笼罩着村庄里低矮的屋顶，仿佛在给村庄镶一层金边。在我的家乡，只要你放慢脚步留意身边，那情景几乎在每个夏日的晴天都能见到。

一天天，我曾无数次目睹村庄的黄昏，那耀眼的云霞，那金色交织着橙色、红色、紫色的云霞，像彩帛承托并缭绕着火球般的落日，急速地向暮色中的树林坠去，使我每每感到大自然的神奇魅力。

傍晚，当我们放学返回村庄时，也常常能看到落日在慢慢褪色、变淡，最终慢慢坠入郊野或远处的房舍下。它消失的地方会被黑夜迅速地填充，我一次次被那不可挽留地滑落的红日所吸引，那耀眼的霞光穿透了厚实的云层，那些悬浮而凝重的云彩仿佛烧红的钢铁在流淌。

我的眼睛跟着落日移动。就这样，我看到了人世间最美丽的景观——一片金灿灿的光笼罩着村庄，晚霞洒在这些低矮的建筑物上，使之变成了金碧辉煌的宫殿，这就是我们的村庄。太阳是伟大而仁慈的，它不仅使万物成长，不仅赐人间以温暖，而且还在消失前的那一刻，使卑微的村庄显现了神性，使人世间的一切融化在夕阳的余晖里。在回村的路上，我望着天空、云霞、落日，感到有种说不出的神秘感。暮色越降越浓，村舍的轮廓渐渐模糊，有的房子开始透出昏黄的灯光。这昏黄的有些发暗的灯光，充满了家的温馨，这是村庄留给我的暖暖的记忆。

对远行他乡的人来说，故乡永远是记忆深处藏得最深的那个词，无论它曾经的面目如何，我们的骨子里总是会不可避免地打上它的烙印，不管我们愿意与否，它总是挥之不去，那与生俱来的特质，流淌在我们的血液里。其实，很多时候，只有更清楚地了解来时的路，才能更坚定地寻找要去的方向。在每一个纵横交错的十字路口，在每一个即将迷失的瞬间，每一次的回望与凝视，都会坚定即将启程的脚步。

1.《故乡的回望》是著名散文作家赵克红先生创作的散文名篇，可圈可点之处颇多，譬如“凤头”。人常说：“万事开头难。”对一篇文章来说，开头很难，但也很重要。古人说，一篇好文章要有“凤头”——开头，“猪肚”——中间，“豹尾”——结尾。举例说明，该文是如何精巧构思出令人羡慕的“凤头”的？

2. 作者共分了几个层面，写故乡的大美？

3. 作者是如何采用“画龙点睛”的笔法，有意突出主题的？举两三例予以说明。

参考答案：

1. 作者首先提出了为何要回望故乡。紧接着，连用三个排比句作出解释：“回望过去那些或青涩晦暗或甜蜜忧伤的童年；回望以往那段魂牵梦萦却永远无法回归的岁月；回望那片山水，那块安宁的土地，以及土地上生活着的人们。”最后，作者加以总结概括：“这抑或也算是对心灵的一种慰藉，即便不能站在故乡的土地上，也要让心灵以另一种方式回归故土。或许，这就是中国人自古以来就根深蒂固的乡土情结吧！”

2. 作者抓住“儿时故乡的黄昏”这一美妙时刻，分几个层面来诉说故乡的美。一是看谷子，用弹弓驱逐麻雀；二是细致描摹黄昏的村庄；三是对晚霞与落日的细致描写；四是儿时的天空、云霞、落日是神秘的，晚霞与落日涂抹过的村庄，显现出了莫测的神性；五是夜幕四合的村庄，昏暗的万家灯火，是家的温暖记忆。

3. 作者主要采用议论的手法来“画龙点睛”。比如，在文章的开头，作者就议论道：“故乡，对浪迹天涯的游子来说，是用来怀念的。尽管这些人中不乏春风得意、风光无限者，但仍禁不住会回望故乡。”在文章的结尾，作者继续满腔真情地议论道：“对远行他乡的人来说，故乡永远是记忆深处藏得最深的那个词，无论它曾经的面目如何，我们的骨子里总是会不可避免地打上它的烙印，不管我们愿意与否，它总是挥之不去，那与生俱来的特质，流淌在我们的血液里。”这里的议论，又与开头遥相呼应，使全文结构前呼后应，浑然一体。最后的结句，可谓“画龙点睛”：“其实，很多时候，只有更清楚地了解来时的路，才能更坚定地寻找要去的方向。在每一个纵横交错的十字路口，在每一个即将迷失的瞬间，每一次的回望与凝视，都会坚定即将启程的脚步。”

作者行文紧扣“故乡的回望”这一主题，多次生发议论，不断升华主题，让人印象深刻。全文结构紧凑，主题突出，语言优美，议论经典深刻，堪称佳作！

桃花源里悟人生

东晋陶渊明的《桃花源记》，为我们描绘了一个理想的“世外桃源”。

在一个桃花盛开的地方，无尘世之烦忧，男耕女织，自给自足，老少怡乐，生活安逸，有花有草，有山有洞，有小桥流水人家……这样的传奇，写在纸上，留在心里，令多少人神往？正是桃花盛开的季节，我们追随着东晋大诗人陶渊明笔下奇文《桃花源记》，来到湖南德阳的桃花源。

千里迢迢赶赴这里，真的就是为了与桃花的一场约会吗？

千年前的一股清风，将陶渊明吹进了神秘的人间仙境——桃花源。这个人间仙境让战火纷飞民不聊生的尘世，多了一份憧憬，多了一些希望，也让人们心中滋生了一个梦想。自陶渊明的《桃花源记》诞生以来，神州大地上就有了一个让世人魂牵梦绕的传奇之地——世外桃源。那是一个桃花盛开的地方，那里充满了神秘、美丽、祥和，寄托了浪漫而神奇的憧憬和梦想。《易》曰："春桃生花，季女宜家。"自古，桃花怒放，桃枝叶茂，桃果累累，寓意婚姻幸福美满。

《桃花源记》所描述的"世外桃源"遗址，距今已有1600多年的历史。它不知让多少人产生过悠悠遐想。其山水田园之美，寺观亭阁之盛，诗文碑刻之丰，历史传说之奇，举世罕见。特殊的地理位置使桃花源得以吞洞庭之湖色，纳潇湘之灵秀，沐五溪之奇照，揽武陵之风光，集古老、神奇、幽雅、秀美、壮阔、清丽于一体，融诗情画意、历史典故于一炉，成为经久不衰的风景名胜。

我猜想，当年陶渊明也是在桃花盛开的季节应邀来到这里的吧！如今，我们沿着陶公的脚步进入桃花源景区，但见桃花林里，桃树枝丫旁逸，呼之欲出。走过桃花林下幽幽曲径，映入眼帘的是古老的青砖青瓦仿古建筑，四角是高高的飞椽，置身其中恍如穿越了时空，回到了千年前，耸立眼前的，就是桃花山山腰上的渊明祠了，这正是陶渊明喝酒采花的地方。

沿着弯曲的青石板路前行，有一方竹亭，据说，该竹亭经历了几百年的风雨洗礼，亭里的竹子看着是圆的，摸着却是方的，象征了古代文人墨客虚怀方正的品格。山边溪流穿过遇仙桥飞流直下，淙淙流水声，荡涤心中的尘埃。溪流旁盛开着许多不知名的野花，为幽静的山野平添了几分色彩。抬眼望去，便是秦人古洞了，那溪水从古洞流泻下来。古洞暗而无光，行数十步，豁然开朗，这便是著名的秦人村了。这是陶渊明笔下秦人怡然自乐的居处，高古苍寒的秦人古道，界敞奇踪、顿豁心臆的豁然台，天下一绝的竹廊，领略秦人茶道的延至馆，桑竹垂荫的秦人居……晨钟暮鼓，回彻心扉，恍若隔世。

无论是“问君何能尔，心远地自偏”，还是“黄发垂髫，并怡然自乐”，陶公的“不为五斗米折腰”“守拙归田园”的超凡脱俗境界，都令我辈为之慨叹。然而，心灵的归属，不是寻一处地理意义的武陵源，而是找一处托付灵魂的美景。也许，你的桃花源是一条碧绿的小河，河边绿草茵茵、垂柳依依；也许，你的桃花源是草原蓝天下的一群牛羊，或是一座青山；也许，你的桃花源，仅仅是一间草房，房间里挂着一只风铃，叮咚、叮咚的铃声和着室内的几句诗行；也许，你的桃花源是富丽堂皇的殿堂，抑或环境优美的别墅。无论怎样，你心中都应该有自己的梦想，有自己真正意义上的桃花源——其实，心里藏着幸福，何处不是桃花源！

一丝轻风吹来，所有的幽怨惆怅都随风而去。我想，到这里来的人，经过陶公的熏陶，灵魂应该得到洵洗，得到净化了吧。桃花源之行，使我穿越时空，真正走进了文学名篇里那个遥远的时刻。

1．为了引人入胜，文章是如何开头的？

2．阅读这段文字，完成以下题目：

千年前的一股清风，将陶渊明吹进了神秘的人间仙境——桃花源。这个人间仙境让战火纷飞民不聊生的尘世，多了一份憧憬，多了一些希望，也让人们心中滋生了一个梦想。自陶渊明的《桃花源记》诞生以来，神州大地上就有了一个让世人魂牵梦绕的传奇之地——世外桃源。那是一个桃花盛开的地方，那里充满了神秘、美丽、祥和，寄托了浪漫而神奇的憧憬和梦想。《易》曰："春桃生花，季女宜家。"自古，桃花怒放，桃枝叶茂，桃果累累，寓意婚姻幸福美满。

（1）解释以下词语的含义：人间仙境、战火纷飞、民不聊生、魂牵梦绕。

（2）解释"春桃生花，季女宜家。"的含义。

（3）试着讲解"自古，桃花怒放，桃枝叶茂，桃果累累，寓意婚姻幸福美满。"的美好寓意。

（4）为"憧憬"加拼音并释义。

3．阅读以下文字，跟作者学习遣词造句的功夫。

《桃花源记》所描述的"世外桃源"遗址，距今已有1600多年的历史。它不知让多少人产生过悠悠遐想。其山水田园之美，寺观亭阁之盛，诗文碑刻之丰，历史传说之奇，举世罕见。特殊的地理位置使桃花源得以吞洞庭之湖色，纳潇湘之灵秀，沐五溪之奇照，揽武陵之风光，集古老、神奇、幽雅、秀美、壮阔、清丽于一体，融诗情画意、历史典故于一炉，成为经久不衰的风景名胜。

作者在描写"世外桃源"遗址时，这样写道："其山水田园之美，寺观亭阁之盛，诗文碑刻之丰，历史传说之奇，举世罕见。”五句之中，用“美”字修饰“山水田园”，用“盛”字修饰“寺观亭阁”，用“丰”字修饰“诗文碑刻”，用“奇”字修饰“历史传说”，分析一下这样写的好处。

参考答案：

1. 文章开头很是巧妙，引用陶渊明的散文名篇《桃花源记》开头。作者的高明之处在于，引用时，并没有大段引用原文，而是把原文用自己的话加以总结，娓娓道来，引人入胜。譬如：作者在文章一开头就开宗明义地写道：“东晋陶渊明的《桃花源记》，为我们描绘了一个理想的‘世外桃源’”。

接着，作者又用反问的手法，向我们讲述了一个人人心目中十分向往、田园牧歌式的理想王国：“在一个桃花盛开的地方，无尘世之烦忧，男耕女织，自给自足，老少怡乐，生活安逸，有花有草，有山有洞，有小桥流水人家……这样的传奇，写在纸上，留在心里，令多少人神往？”

经过以上两次铺垫，最后水到渠成地说出了自己的行踪：正是桃花盛开的季节，我们追随着东晋大诗人陶渊明的奇文《桃花源记》，来到湖南德阳的桃花源。

这样的开头，文化底蕴厚重，新奇有趣，引人入胜，难能可贵。

2.（1）人间仙境——是一个人间生活理想境界的代名词，相当于西方的极乐世界或者天堂。千百年来，完美主义者无不苦苦追寻、刻意营造自己想象中的“人间仙境”。

战火纷飞——形容战斗频繁、激烈。

民不聊生——原指百姓没有赖以生存的东西，生活极端困苦。

魂牵梦绕——形容万分思念。牵：携。绕：纠缠。

（2）春桃生花，季女宜家——春天桃树生发花朵，美丽的姑娘嫁过门来，定会让家庭和美和顺和乐。

（3）参考古诗“桃之夭夭，灼灼其华”的译文。

（4）憧憬（chōngjǐng）——就是对美好未来的期待与向往。

3. 作者在言说大美的“世外桃源”遗址之时，用了“举世罕见”一词。只有准确的遣词造句，才能把“举世罕见”的大美淋漓尽致地展现出来！

用“美”字烘托出“山水田园”美不胜收之境；用“盛”字烘托出“寺观亭阁”之多；用“丰”字烘托出“诗文碑刻”数量之众、内容丰盈；用“奇”字烘托“历史传说”的神奇与奇妙。由此可见，为了创作一篇山水美文，作者可谓匠心独具，值得称道。

情迷茅荆坝

汽车从承德避暑山庄一路向北，行驶约一个小时，忽见蓝色的天空中有朵朵白云涌来，路的两旁，密密麻麻的树木绵延，我猜测茅荆坝国家森林公园就要到了！

茅荆坝位于河北省承德市与内蒙古自治区赤峰市交界处，属阴山山脉、七老图岭余脉之要冲，控一山口，即可挡住千军万马，因此这里历来是兵家必经必争之地。纵目远望，辽阔的草原与莽莽森林尽收眼底。境内层峦叠嶂，鹰扬鹿隐。伊逊河、武烈河等河流川流不息。山场广阔，林木繁茂，植物种类达 1780 余种，野生禽兽69种之多。这就是茅荆坝森林公园。一个树木的王国，一个绿色的王国，一个依然保存着原生态的自然王国。

这里，树叶是翠绿的，花朵是娇艳的，草尖是亮晶晶的，鸟的叫声是清脆的；这里，溪水慢悠悠地流淌，繁枝密叶在空中摇荡。那叶片上滑动的露珠，如一粒粒珍珠般晶莹剔透，难怪人们一走进森林，就想放开喉咙喊叫，让积存胸中的浊气随山野的回声远去。绿，是这里的底色，那盈盈翠色更逼近到你的眼睛里、心窝里。我猛然想起石涛和尚的两句诗："不识年来梦，如何只近山。"许是山峦的淡远、宁静在感染着我？这里，空山寂寂，微风习习，林峦似动不动，松涛若有若无，听到的只是自己脚步的回响，通体浸透着一股彻骨的宁静与灵澈。

来到这里，一个个历史场景在眼前浮现。历史上的茅荆坝景区，发生过许多汉族、契丹人与金人之间的战争。标志着契丹政权彻底灭亡的辽金"陷泉之战"，以及清兵入京过坝梁都发生在这里。巧合的是，在"陷泉之战"中，金人使契丹人遭遇了灭顶之灾，几百年后，金人的后裔满清入关，也是沿着他们先人经过的地方进入北京，鼎革华夏的。清兵入关，兵分两路，一路是从山海关，一路即从此地进京，所以此地又称为清兵入关口。

茅荆坝还是武烈河的发源地和滦河的水源地。随着季节变化，茅荆坝的美已经轮回了不知多少个春秋。我们先走进黑熊谷。这是一条足有20多里长的大峡谷，清风习习，满眼飘绿，使人心旷神怡。这是一个无人问津的天然大氧吧，碧蓝的天空，朵朵白云，清清流水。久居闹市的人来到这里，无疑是迈进了天堂般的世界。古人有言："嗜欲深者天机浅。"怡然自乐，忘怀得失，正是环境直接作用于心境的结果。在物欲喧杂的噪音中，是无法听见智慧老人的叩门声的。

忽然一阵淡淡的清香扑面而来，而且越往前走，香气愈浓。经过一番仔细观察，原来是这深谷中的杨树发出的味道。我顺手采下一片杨树叶放到鼻间，顿觉阵阵香气扑鼻而来，我把那片小树叶放在鼻孔下不停地嗅，越闻越香。据说这是世界上难得一见的“香杨”。香杨，多么好听的名字！这愈发让我感到好奇了。香杨树没有白杨那么高大，但它的身躯直挺秀美，枝条婀娜，叶缘光滑无棱，极具观赏性。这种树抗寒，抗旱，适应性强。香杨树可提取香油精，枝、叶、芽中含有大量香精，一年四季散发香味，尤其是在雨季，当气孔张开时，香味更加浓郁。木材是制作高档家具的好原料。香杨树无飞絮，集绿化、美化、香化、净化于一体，观赏与用材于一身，实在是难得的园林绿化珍品。

茅荆坝森林中溪流清澈，像条条丝带飘绕在树间，把春的信息、秋的喜悦传递给热爱大自然的游人。茅荆坝的平地有丰盈的泉水，像大地母亲敞开的温暖怀抱，用健康的元素和满腔热情，抚慰从四面八方来的游客。这里的草甸平坦舒适如毯，树木遮天蔽日，我透过林间缝隙仰望，只能望见一小片天空，好似大树擎起的一块蓝手帕。茅荆坝林中有涓涓水流，你把耳朵贴近地面时，便可听到叮叮咚咚的水声，如云雀歌唱般美妙悦耳。青山、绿水、阳光、小鱼，以及无边的花草林木，都像是神来之笔，把茅荆坝描绘得如此多彩、绚丽。

茅荆坝的树，除了一部分落叶松是人工种植的以外，其余大部分都是次生林，有很多榆树蓬松着，像南方生长的大榕树那样，如座座帐篷把地面罩住。在树与树之间，在高大的树冠下，生着各种野花和杂草，随风涌动，煞是喜人。如胭脂般嫩红的锦带花，挂在翠绿的枝条上，随风飘舞，煞是令人心动；那“石生蝇子草”花，像路旁的串串灯笼，更是无限妩媚；那种很有名气的“糖介花”，红黄相间，长在同一根枝条上，就算是走遍所有都市的花卉市场，也难得一见。

这个秋日，我走进茅荆坝，观如画的树林，闻鸟鸣幽谷，听溪水潺潺，我的心已经很久没有这样欢畅过了，我知道这欢畅源于你——茅荆坝的无限风光！

1．文章的开头是多种多样的、多姿多彩的。这篇文章是如何开头的？这样开头有何益处？

2．阅读下边这段文字，回答以下问题：

这里，树叶是翠绿的，花朵是娇艳的，草尖是亮晶晶的，鸟的叫声是清脆的；这里，溪水慢悠悠地流淌，繁枝密叶在空中摇荡。那叶片上滑动的露珠，如一粒粒珍珠般晶莹剔透，难怪人们一走进森林，就想放开喉咙喊叫，让积存胸中的浊气随山野的回声远去。绿，是这里的底色，那盈盈翠色更逼近到你的眼睛里、心窝里。我猛然想起石涛和尚的两句诗：“不识年来梦，如何只近山。”许是山峦的淡远、宁静在感染着我？这里，空山寂寂，微风习习，林峦似动不动，松涛若有若无，听到的只是自己脚步的回响，通体浸透着一股彻骨的宁静与灵澈。

作者选择哪些景物，采用何种写作手法，酣畅淋漓地展示出茅荆坝景区的大美风景？

3．文章是一篇游记，作者却荡出一笔，并且不惜笔墨地写了茅荆坝的历史与文化，这样写好处在哪里？

4．要写好一篇游记，一定要写出这个景区与众不同的地方。

本文是如何抓住“香杨”这一景物，突出茅荆坝特色的？

5. 品评文章的结尾，说说如此结尾的好处。

参考答案：

1. 从文章的标题看，这是一篇游记。这篇文章是以写景开头的，“忽见蓝色的天空中有朵朵白云涌来，路的两旁，密密麻麻的树木绵延”。既然文章在写景色优美的茅荆坝时用了“情迷”二字，足见这里风景之美，美到了令人痴迷的程度！

这样开头，紧扣主题，先声夺人！平时我们在城市见得不多的白云，在这里却是“朵朵白云涌来”！在写路两旁的树木时，用了“密密麻麻”的成语，足见树木之稠密、之繁茂。真可谓人尚未步入景区，情已着迷痴迷，迷恋上了这片云白、树绿、水碧的风水宝地，让读者从内心生出想一探究竟的欲望。最终，水到渠成地引出了作者要去的茅荆坝景区。

2. 作者首先表达了自己的亲身感受，通过对树叶、花朵、草尖、鸟鸣、溪水、树枝、露珠等景物的描写，准确地采用“翠绿”“娇艳”“亮晶晶”“清脆”“晶莹剔透”等形容词。其次，采用“流淌”“摇荡”“滑动”等动词。再次，采用拟人（慢悠悠）、比喻（如一粒粒珍珠般晶莹剔透）、引用（石涛和尚的两句诗：“不识年来梦，如何只近山。”）、描摹（林峦似动不动，松涛若有若无）等修辞手法，落脚点是置身茅荆坝，“通体浸透着一股彻骨的宁静与灵澈”。

3. 作者在第4自然段写道：“来到这里，一个个历史场景在眼前浮现。历史上的茅荆坝景区，发生过许多汉族、契丹人与金人之间的战争。标志着契丹政权彻底灭亡的辽金‘陷泉之战’，以及清兵入京过坝梁都发生在这里。”作者这样写来，让一个风景区不仅有优美可人的风景，而且有了深厚的历史文化底蕴，增加了文章的可读性和厚重感。

4. 首先，通过鼻子“嗅”：“忽然一阵淡淡的清香扑面而来，而且越往前走，香气愈浓。……我顺手采下一片杨树叶放到鼻间，顿觉阵阵香气扑鼻而来，我把那片小树叶放在鼻孔下不停地嗅，越闻越香。”

其次，画龙点睛式的“直抒胸臆”：“据说这是世界上难得一见的‘香杨’。香杨，多么好听的名字！……香杨树没有白杨那么高大，但它的身躯直挺秀美，枝条婀娜，叶缘光滑无棱，极具观赏性。”

最后，介绍香杨树的特色：“这种树抗寒，抗旱，适应性强。香杨树可提取香油精，枝、叶、芽中含有大量香精，一年四季散发香味，尤其是在雨季，当气孔张开时，香味更加浓郁。木材是制作高档家具的好原料。香杨树无飞絮，集绿化、美化、香化、净化于一体，观赏与用材于一身，实在是难得的园林绿化珍品。”

5. 作者这样结尾：“这个秋日，我走进茅荆坝，观如画的树林，闻鸟鸣幽谷，听溪水潺潺，我的心已经很久没有这样欢畅过了，我知道这欢畅源于你——茅荆坝的无限风光！”文章以写景开篇，以写景结尾，感受真切，引人入胜；前呼后应，浑然一体。结尾以高度概括的凝练语句，主题显得更加突出，值得提倡。

牡丹的魅力

生在洛阳，长在洛阳，对洛阳的牡丹自然情有独钟，有着深刻的记忆。

牡丹花会已经举办30届了。30年来，牡丹在河洛大地上，为千年帝都的洛阳打开了一扇走出去看世界的大门，也为洛阳注入了源源不绝的活力。由于工作关系，自第一届花会开始，我几乎年年都要陪同远方的朋友去观赏牡丹，有的朋友曾多次到洛阳来，真切地感受到了洛阳日新月异的变化。

牡丹，在洛阳有着悠久的栽培历史，“洛阳牡丹甲天下”千古流传。牡丹并非洛阳独有，何以“甲天下”？宋代诗人欧阳修说得好，“洛阳地脉花最宜，牡丹尤为天下奇”。科学研究也表明，洛阳一带的土质含有大量火成岩微量元素，这些微量元素十分有利花木的生长，这为欧阳修所说的地脉做了最好的注脚。

每年春天，牡丹被春风唤醒，洛阳“满城尽是牡丹花”，那一簇簇、一片片的牡丹花疏密有致，“花开花落二十日，一城之人皆若狂”。牡丹开得热烈，开得豪放，开得让人深深陶醉。

四月是牡丹花盛开的季节，在公园里、街道边，牡丹没有辜负人们的厚望，如痴如醉地盛开，五彩缤纷，华美典雅，让所有的赏花者心花怒放，大饱眼福。这个季节，好像所有的花朵商量好了似的，把展示美的舞台全让给了牡丹，虽然四月的春风还带有丝丝凉意，各色牡丹却早已按捺不住绽放的欲望，争先恐后，纷纷盛开。有的花冠层层叠叠，态如贵妃醉酒；有的情如少女怀春，含苞待放，羞羞涩涩。在街道，在社区，在公园，满城的牡丹一株株、一团团、一片片，如燃烧着的云霞，漫天席卷而来。粉色的娇艳欲滴，白色的高贵典雅，黄色的温润华贵，那挺直的腰身分明是牡丹仙子的身躯，端庄、高贵、温柔。

走在四月的洛阳城，扑面而来是牡丹的芳香；摩肩接踵的是花样的脸庞；这可忙坏了小蜜蜂们，它们旁若无人地在花丛中尽情地舞蹈，高贵的牡丹和蜜蜂好像达成了某种默契，向蜜蜂敞开了胸怀。

四月的牡丹，姹紫嫣红，微风过处，满城芬芳。四月的牡丹节，是洛阳的节日，中原的节日，也是中国的节日。

四月的花香，丝丝缕缕沁人心脾。四月的牡丹，似春天的请柬，邀来了八方宾客。不同肤色的国际友人远道而来，为牡丹兴奋，为牡丹陶醉，为牡丹喝彩，为牡丹放歌！

牡丹在春风中绽放光彩，她雍容华贵，仪态万方，尽情挥洒着自己特有的美，并用自己的美装点着大地，装饰着人们的梦境。赏花的人中，有手牵着手的情人，有相濡以沫的老人，不仅看花，同时也看如花的人。流连处，沁人心脾的芳香盈满了发间足下，噼啪噼啪的相机声不绝于耳，谁知道定格的那一朵花与今生遇见的这个游人曾经有过怎样的情缘。

四月的洛阳，风含情，人看花，一花一世界，一花一故事，一花一风情。人们把洛阳比作一块锦绣，而牡丹就是锦绣上的那朵花。很多到洛阳赏花的朋友都对牡丹的美赞叹有加，褒奖不已。但也有留下遗憾的。杭州的一个朋友因工作脱不开身，去年来到洛阳时，花会已接近尾声。当我陪他来到牡丹园，望着枝头寥寥无几的牡丹残瓣和落英满地的花瓣，我怜惜不已。我问他是不是很失望，他说：能走进牡丹园已经很知足了，牡丹虽然凋谢了，可我还是感受到了她花开时的热烈和别具一格的神韵，感受到盛开时“一城之人皆若狂“的景象。由牡丹我联想到人生，有人感叹牡丹花期太短，感叹牡丹凋谢时的凄寂，的确，这是谁都无法抗拒的宿命。牡丹生长的季节是冬天，在严寒的季节里，他汲取大地的营养，用一年积蓄的力量，绽放自己的精彩，她不在乎盛开的时间长短，只在乎盛开时的质量。20天，花开花落，来去匆匆。她以自己绽放的热情，赢得了人们对她的尊重。其实，我们的人生也应该像牡丹花一样，努力绽放出最美的光彩。

人生若花，漫长的是岁月，短暂的是人生，越是美的东西往往越容易消逝，宇宙从混沌初开到现在已有亿亿兆兆年的历史，如果以它来计算，那么人类数千年的文明史只不过一年的几秒钟而已，是可以忽略不计的。然而牡丹是无愧的，她之所以赢得人们的赞誉，与她的努力绽放、灿烂盛开、最佳的状态和馥郁的芬芳有关。她之所以获得了观赏者的认可，便也在情理之中了。因为她已经盛开在每一个观赏者的心里，成为永久的记忆，被人们珍藏在最美的回忆中。

1. 古往今来，描写牡丹的诗文可谓汗牛充栋，作者却勇于挑战自我，选择牡丹来写，要写出新意与特色来，难度颇大。读过全文，你认为作者怎样写出了自己心中与众不同的牡丹？（至少写出 3 点）

2. 仔细阅读全文，说说作者在哪几个自然段具体描摹了牡丹的华美？是如何描写的？（至少写出 3 点）

3. 从文学欣赏的角度，赏析下边这个精彩的语段：

“四月的洛阳，风含情，人看花，一花一世界，一花一故事，一花一风情。人们把洛阳比作一块锦绣，而牡丹就是锦绣上的那朵花。”

参考答案：

1. 作者先是以一个地地道道的洛阳人开篇写牡丹。一入笔，就与牡丹产生了浓烈的感情。

紧接着，作者引用了“洛阳牡丹”“洛阳地脉花最宜，牡丹尤为天下奇”等诗句，自然引出了“洛阳土质含有大量火成岩微量元素，十分有利花木生长”的科学依据，“为欧阳修所说的地脉做了最好的注脚”。让“甲天下”的洛阳牡丹成为“有本之花”。这样写来，增加了文章的科技含量和可信度。

最后，作者由牡丹联想到人生：“牡丹生长的季节是冬天……用一年积蓄的力量，绽放自己的精彩”“20天，花开花落，来去匆匆”。但“她不在乎盛开的时间长短，只在乎盛开时的质量”“她以自己绽放的热情，赢得了人们对她的尊重。其实，我们的人生也应该像牡丹花一样，努力绽放出最美的光彩”。最后的落笔，升华了文章主题，深化了牡丹与人生的生命意义！

2. 作者在第4—9自然段，具体描摹了牡丹的华美。

在第4自然段，作者巧妙点出了牡丹盛开的时间（每年春天），采用拟人（牡丹被春风唤醒；牡丹开得热烈，开得豪放，开得让人深深陶醉）、引用（洛阳“满城尽是牡丹花”“花开花落二十日，一城之人皆若狂”）、描摹（那一簇簇、一片片的牡丹花疏密有致）等修辞手法，概括出了牡丹开放时的热烈与美好。

在第5自然段，作者挥毫泼墨，通过正面描写，把牡丹开放的盛况烘托出来，引人入胜！作者采用拟人、排比、描写等多种手段，写出了牡丹的大美气象、唯美风姿！可圈可点，美不胜收！

“四月是牡丹花盛开的季节……如痴如醉地盛开，五彩缤纷，华美典雅，让所有的赏花者心花怒放，大饱眼福。这个季节，好像所有的花朵商量好了似的，把展示美的舞台全让给了牡丹，虽然四月的春风还带有丝丝凉意，各色牡丹却早已按捺不住绽放的欲望，争先恐后，纷纷盛开。有的花冠层层叠叠，态如贵妃醉酒；有的情如少女怀春，含苞待放，羞羞涩涩。在街道，在社区，在公园，满城的牡丹一株株、一团团、一片片，如燃烧着的云霞，漫天席卷而来。粉色的娇艳欲滴，白色的高贵典雅，黄色的温润华贵，那挺直的腰身分明是牡丹仙子的身躯，端庄、高贵、温柔。”

在第6—8自然段，作者主要通过侧面描写，提炼出了牡丹的芳华和神韵，从而让人们更加喜爱牡丹！

3．这段文字，诠释了洛阳牡丹“花开洛阳，香飘五洲”的风采和神韵。四月，是洛阳牡丹盛放的时节，连春风也蕴含了感情，五洲四海的人们蜂拥而至，就为了一睹洛阳牡丹的芳容。一朵牡丹花就蕴含着一个美好的世界，一朵牡丹花背后就蕴藏着一个动人（或凄婉，或明丽；或铮铮风骨，或悠长神奇）的故事，一朵牡丹花就孕育出一段绚丽的风情。

在这一段的结尾，作者更是用点睛之妙笔，写就了牡丹的大美！春天的洛阳，好似“一块锦绣，而牡丹就是锦绣上的那朵花”。即使锦绣再美，如果没有花的绽放，也会黯然失色。洛阳这块锦绣之地，正因为有了芬芳四溢的华美牡丹的装扮，才更摇曳多姿，令人神往！

品茶与养壶

朋友送我一把宜兴紫砂壶，这壶大小适手，质地细腻，壶身的图案构思巧妙，几片鲜嫩的竹叶栩栩如生，并附有高人钤记，不论陈设把玩，还是用于冲泡，都是颐养性情的雅事。我如获至宝，爱怜有加。得到这把壶后，我先小心地用牙刷将新壶内壁的细砂刷干净，然后，将它放在没有异味的冷水锅里浸煮，除去土腥味和生涩气。因这把壶扁而胖，我便用它来冲泡绿茶。因为绿茶比较娇嫩，身扁而口大的壶有利于热量散发。因长时间的泡养，壶面幽然发光，使壶看上去有一种温润之感，给人一种古朴而清雅的感觉。朋友们见状，纷纷夸赞此壶养得不错，而我却认为，人养壶，壶亦养人。

真正的养壶不是擦，也不是洗，而是用茶水泡，用茶水的色香味长时间地沁润，久而久之，茶质和壶质便会合而为一，仿佛茶之魂、壶之精融为一体，你中有我，我中有你，再也分不出你我了。

平素喜茶，而我的饮茶经验是，一把茶壶专门冲泡一种茶，这样壶用久了，就有了属于自己的味道，或者说形成了自己的性格，但无论怎样养壶与泡茶，养壶都是很单纯的，绝对不能有丝毫的功利在内。养壶者的最终目的，是借养壶来养自己，即修身养性，洗却壶身上的浮躁气、世俗气、烟火气。借壶来陶冶性情，陶冶身心。

在人生的驿路上，我们奔波得太累了，陷入红尘也太深了，借一壶茶，洗濯满身的征尘，让一颗世俗的心重新变得柔软起来，变得清闲起来。清明前后，新茶采摘，我品尝绿茶，感受一番田园山坳的气息和大自然慷慨的给予；盛夏来临，蝉鸣不已，溽湿燠燥，我就喝乌龙，将通体烦热逼出，虚火压下；金秋时节，秋高气爽，落木萧萧，我便重新品味绿茶，追忆一下春的清新，润肺清肝，名目降火；寒冬腊月，北风呼号，我一边读书，一边品茗红茶，一壶在握，暖手暖心，随时添水，反刍读书偶得，感悟生命真谛。

品茶是一种由外而内，再由内而外的修身养性。从容慢品，推开人生的另一扇窗，美丽愿景悠然呈现。

饮茶是高雅的精神享受，是陶冶情操、表达志向的手段。茶是灵魂之饮，喝茶可以喝出天光云影，让人心旷神怡，也可以洗去浮华躁烈、心灵阴影。有人曾说过：“在一杯浓浓的苦茗中，好像蕴藏着五千年的历史文化。喝茶不能性急，不能作牛饮，像没法一下子了解中国几千年的文化一样，需要慢慢地品尝体验。”

茶壶冲泡后，可以用一块柔软的湿布轻轻揩抹壶身，或用滚沸的茶汤浇在壶盖遍及壶身上，经过时间的神奇效应，包浆自然会积淀生成。喝完茶，小心把爱壶里的茶叶倒出来，这是对茶壶的爱与呵护！隔夜茶叶一旦发酵变馊，异味渗进壶壁，就再也无法清洗干净了。

养壶还要特别注意的是，茶壶不宜接触油污，茶为清淡，油为肥腻，二者水火不容，相互抵触。如果壶内沾染了油污，茶味几无可品之处，费尽心力所养的壶也会前功尽弃。

养壶不可刻意为之，不能为养壶而养壶，而应顺其自然，在不经意的时光流逝中，获得一份生活的积淀、思考的逍遥。一杯清茶，一把茶壶，浓淡自得，将会把一个个看似平常的日子，炮制得更加有情趣、有滋味。

1. 作者别出心裁，以《品茶与养壶》为题，写出了自己品茶与养壶的独到心得。文章独具特色，值得称道。说说作者是如何谋篇布局的？

2. 阅读下边的文字，回答下列问题：

“朋友送我一把宜兴紫砂壶，这壶大小适手，质地细腻，壶身的图案构思巧妙，几片鲜嫩的竹叶栩栩如生，并附有高人钤记，不论陈设把玩，还是用于冲泡，都是颐养性情的雅事。我如获至宝，爱怜有加。”

（1）作者用了哪些词语，写出了对宜兴紫砂壶的喜爱?

（2）对加横线的词语释义，并为“细腻”“钤记”“栩栩”三个词语加拼音。

3. 品读结尾一段，感受“品茶与养壶”的妙趣，谈谈自己的感受。

“养壶不可刻意为之，不能为养壶而养壶，而应顺其自然，在不经意的时光流逝中，获得一份生活的积淀、思考的逍遥。一杯清茶，一把茶壶，浓淡自得，将会把一个个看似平常的日子，炮制得更加有情趣、有滋味。”

参考答案：

1. 全文共分四大部分。

第一部分（第1—3自然段）：谈养壶之道。文章开头先叙述了紫砂壶的来历、特色，然后又讲了自己是如何养壶的。字里行间，显出作者深谙养壶之道——人养壶，壶养人，相得益彰，可以让读者增长不少品茶与养壶的知识。

第二部分（第4—6自然段）：谈品茶之道。“借一壶茶，洗濯满身的征尘，让一颗世俗的心重新变得柔软起来，变得清闲起来”；“品茶是一种由外而内，再由内而外的修身养性”；“饮茶是高雅的精神享受，是陶冶情操、表达志向的手段……”；“喝茶不能性急，不能作牛饮……需要慢慢地品尝体验”。

第三部分（第7—9自然段）：再次交代养壶的注意事项。用“柔软的湿布轻轻揩抹壶身，或用滚沸的茶汤浇在壶盖遍及壶身上”，“喝完茶，小心把爱壶里的茶叶倒出来”；“茶壶不宜接触油污”；“养壶不可刻意为之，而应顺其自然”。

第四部分（第 10 自然段）：总写“品茶与养壶”的妙趣，有力地升华了主题。

2.（1）从大小、质地、壶身图案着笔，用了“适手、细腻、构思巧妙”等词语，最后又加上“几片鲜嫩的竹叶栩栩如生，并附有高人钤记”两句话，把茶壶外观的美刻画得淋漓尽致。无论是哪位茶客，遇到这样的茶壶，都会把玩不已、爱不释手的。

（2）细腻（xìnì）——主要指细致光滑；也可用来形容描写、表演等细致入微。这里主要指细致光滑。

构思巧妙——文章结构精巧奇妙，富有特色。

栩栩（xǔxǔ）如生——栩栩：形容生动活泼的样子。指艺术形象非常逼真，如同活的一样。

高人钤记（qiánjì）——钤记：旧时机关团体使用的图章，多为长形，不及印或关防郑重。这里指学问高深的人的文化印鉴。

颐养性情——颐养：和乐，保养，修养，陶冶等。性情：性，性格、禀性；情，思想情感；性情指人的性格、习性与思想情感。全词指修养、陶冶人的性格、习性与思想情感。

如获至宝——好像得到了最珍贵的东西。

爱怜有加——既喜爱，又怜惜。形容特别喜爱。

3．这段文字道出了人生顺其自然的闲适与和谐。正像文中所说，“养壶不可刻意为之，不能为养壶而养壶”；品茶，不仅是在品一杯清茗，而且是在品味我们眼下的生活。让我们“在不经意的时光流逝中，获得一份生活的积淀、思考的逍遥”。生活其实很简单，少些欲壑难填的奢望，就用浓淡自得的“一杯清茶，一把茶壶”，“把一个个看似平常的日子，炮制得更加有情趣、有滋味”。

品读结尾这段文字，感受作者体悟的茶道与养壶真经，真的有言已尽而意无穷之妙趣！

用感恩的心触摸幸福

感恩，是生活中的大智慧。当你用一种欣赏的眼光去看待周围的一切时，你就会发现，值得我们感恩的事有很多。怀着一颗感恩的心与人相处，你会发现生活中并不缺少美好，这个世界原本有太多的温情和感动。

当我们用一颗感恩的心来看待这个世界的时候，就会感到这个世界的可爱。如果我们每个人都能心怀感恩地面对生活，那么即使处于最困厄的环境里，也能看到沙漠中的绿洲。

人生如同一片树叶，有阴面也有阳面，翻过来看时，面对的就是一个光辉灿烂的世界。有位作家去美国访问时，见到一个卖花的老太太。这个老太太穿得非常破旧，身体看上去也很虚弱，面对每一个买花的顾客时，她脸上总是带着祥和的微笑。这位作家也去挑了一朵花，他对老太太说：“你看起来很高兴。”老太太微笑着说：“为什么不呢？一切都是如此美好！”“可是你的生活看起来并不富裕？”作家随口说道。

老太太的回答令作家大吃一惊，她说：“耶稣在星期五被钉在十字架上时，是全世界最糟糕的一天，可三天后就是复活节。

所以，当我遇到烦恼和不幸时，就会等待三天。三天后，一切都会恢复正常的。”

等待三天，这是多么乐观而又充满哲理的生活方式。如果我们每个人都能乐观地面对烦恼和痛苦，那么，明天就一定会雨过天晴，彩霞满天！心存感恩之心的人，从不会觉得世界欠了自己什么，而是为无以回报这个世界的慷慨馈赠而心存不安。

大凡有成就的人，都曾跋涉过艰辛异常的坎坷之路，承受过常人难以想象的痛苦。人生之路，本不是一条坦途，上帝在为你关上一扇门的时候，一定也会为你开启一扇窗。曾有人充满悲悯地向在轮椅上生活了30多年的科学巨匠霍金发问：“霍金先生，卢迦雷氏症已将你永远固定在轮椅上了，你不认为命运让你失去了太多吗？”霍金先生带着恬静的微笑，用还能活动的手指艰难地叩击着键盘，写道：“我的手指还能活动，我的大脑还能思维，我有终生追求的理想，有我爱的和爱我的亲人和朋友，对了，我还有一颗感恩的心……”

生活给予霍金的苦难太多太多，但他乐观顽强地与生活做斗争，而支撑着他去努力开拓自己人生道路的，就是爱和感恩。

1. 朋友，你现在幸福吗？也许有人会这样回答：“我不幸福！”或者答曰：“我很痛苦”！阅读全文，回答作者是如何“用感恩的心触摸幸福”的？

2. 阅读全文，在文中找出体现全文中心思想的句子。

3. 文中举了两个例子，谈谈这两个例子对突出中心的作用。试分析这样举例的好处。如果让你写一篇同题作文，你会选择怎样的例子？试举一例。

参考答案：

1．“物欲横流，金钱至上”，是时下人们生活的真实写照。大多数人总是会觉得别人亏欠我们的多，关照我们的少，心存芥蒂，愤愤不平，乃至怀恨在心。作者却反其道而行之，时常用一颗“感恩的心”，去“触摸”人人向往的“幸福”之金果。

2．“心存感恩之心的人，从不会觉得世界欠了自己什么，而是为无以回报这个世界的慷慨馈赠而心存不安。”

3．作者先讲出了人生的哲理：“人生如同一片树叶，有阴面也有阳面，翻过来看时，面对的就是一个光辉灿烂的世界。”接着举例道：“有位作家去美国访问时，见到一个卖花的老太太。这个老太太穿得非常破旧，身体看上去也很虚弱，面对每一个买花的顾客时，她脸上总是带着祥和的微笑。”当这位作家好奇地探问究竟时，老太太的回答令他大吃一惊，她说：“耶稣在星期五被钉在十字架上时，是全世界最糟糕的一天，可三天后就是复活节。所以，当我遇到烦恼和不幸时，就会等待三天。三天后，一切都会恢复正常的。”

说实话，人生自古无坦途，烦恼和不幸始终伴随着我们的生活，谁也逃避不了。关键是当我们遇到烦恼和不幸时，该采取怎样的态度。是悲观失望，选择自杀，还是勇于面对，走进柳暗花明的新境界？这位美国老太太选择了后者——她虽然“穿得非常破旧，身体看上去也很虚弱”，但是，面对这个世界的时候，她却依然在微笑。

作者最后得出了这样的结论：“如果我们每个人都能乐观地面对烦恼和痛苦，那么，明天就一定会雨过天晴，彩霞满天！”

往往一个例子很难说明问题。作者紧接着又是采取先阐明道理再举例说明的模式，向读者讲述了科学巨匠霍金的故事。

——“大凡有成就的人，都曾跋涉过艰辛异常的坎坷之路，承受过

常人难以想象的痛苦。人生之路，本不是一条坦途，上帝在为你关上一扇门的时候，一定也会为你开启一扇窗。”

——曾有人充满悲悯地向在轮椅上生活了30多年的科学巨匠霍金询问：“霍金先生，卢迦雷氏症已将你永远固定在轮椅上了，你不认为命运让你失去了太多吗？”霍金先生带着恬静的微笑，用还能活动的手指艰难地叩击着键盘，写道：“我的手指还能活动，我的大脑还能思维，我有终生追求的理想，有我爱的和爱我的亲人和朋友，对了，我还有一颗感恩的心……”

正像作者所言，“生活给予霍金的苦难太多太多，但他乐观顽强地与生活做斗争，而支撑着他去努力开拓自己人生道路的，就是爱和感恩”。朋友，面对生活的烦恼和痛苦，如果你能走出抱怨消沉的泥淖，就会赢得人生的快乐，甚至取得非凡的成就！

作者在举例的时候，作了必要的筛选。美国老太太是一位普通人，霍金是著名的物理学家。这样举例，更有说服力，会让读者更加心悦诚服。